ベリーズ文庫

怜悧なパイロットの飽くなき求愛で双子ごと包み娶られました

Yabe

STARTS
スターツ出版株式会社

目次

怜悧なパイロットの飽くなき求愛で双子ごと包み娶られました

特別書き下ろし番外編

怜悧なパイロットの飽くなき求愛で
双子ごと包み娶られました

乱気流に呑み込まれて

「陽和《ひより》」

瞼《まぶた》に優しく口づけられて、頑なに閉じていた目をうっすらと開ける。視線が絡まると、私を組み敷いている彼が、フッと小さな笑みをこぼした。

温厚な性格で、いつもは余裕たっぷりのこの人も、肌を重ね合う時間だけは情熱的になる。私はいつも、彼に翻弄《ほんろう》させられてばかりだ。

「好きだ」

「私も、好き。大好き。あっ……」

思いを告げた途端に抱き込まれ、激しくなった律動にたまらず声が漏《も》れる。

「陽和」

「悠斗《ゆうと》さ……あぁ……」

耳にかかる彼の吐息に体が震え、興奮も快感もますます高まっていく。

果てそうになるのを察して、彼の腕を掴んでいた指先にぐっと力が入る。体を起こした悠斗さんが、眉間にしわを寄せながら私を見おろす。言葉にならない思いを彼に伝えようと、瞬きも忘れて見つめ返した。

「陽和。愛してる」

小刻みに痙攣《けいれん》する体を、逞《たくま》しい腕に再びしっかりと抱き込まれる。

彼の存在をもっとも近くに感じられるこの幸福な瞬間を味わいながら、徐々に意識を手放した。


翌朝、目が覚めて最初に視界に飛び込んできたのは、恋人の楠木《くすのき》悠斗の寝顔だった。

身長百五十六センチの私と比べて、頭ひとつ分以上背の高い彼の顔をこれほど間近に眺められる機会はあまりない。だから、遠慮なく見つめる。

きりりとした目もとは、一見冷淡にも見える。仕事中は気を張っているのもあって、特にそうだ。でも、ふたりでいるときにだけ見せる笑みは優しげで、私はそのギャップにいつも胸を高鳴らせている。

普段は目にかからないように上げられている前髪も、今は自然のままで無防備な印象を与える。少し乱れているのは、昨夜の甘く激しい時間のせいかと想像して、瞬時に頬が熱くなった。

「おはよう、陽和」

「え？」

至近距離にある彼の瞼が突然開き、驚いて瞬きを繰り返す。

「あまりの熱い視線に、起きるタイミングが難しかった」

苦笑する彼を見て、自分がかなり熱烈に見つめていたことに気づき、次第に恥ずかしくなってくる。ごまかすように、剥《む》き出しになった彼の胸もとに額を擦りつけた。

「くすぐったいよ、陽和」

あやすように髪をなでる、悠斗さんの手の温もりが心地いい。それを堪能しながら、今の抗議は聞こえないふりをした。

「こら、陽和」

ぐっと体を離されて寂しさを感じたのは束《つか》の間で、仕返しにとばかりに降ってきた甘い口づけに、流されるまま没頭する。

「ああ、起きたくないな。陽和がここにずっといてくれたらいいのに」

再び抱き寄せられて、そっと目を閉じた。

今の発言は、何度目かになる同棲《どうせい》の誘いだろうか。それとも、さらにその先の関係を仄《ほの》めかしているのか。

最近の悠斗さんは、こんな発言が増えている気がする。先日は、ウエディング関連のコマーシャルを見て、『陽和はドレスも似合うだろうけど、和装も見てみたい』と意味深に言っていた。そのたびにドキドキして、もしかしてという期待が膨らんでしまう。

「今日は遅番だったよな？」

寝起きのまったりした時間を楽しみたかったのに、一気に現実に引き戻された。仕事は好きだけれど、こうして恋人と過ごす時間に敵うものはなくて、わずかに気分が沈む。

国内大手の航空会社である、ロイヤル・エアラインズ・ジャパン——通称ＲＡＪのグランドスタッフとして働く私の勤務は、かなり不規則になる。早番と遅番が二回ずつと、合間に休日が二日入るという、六日サイクルでシフトが組まれており、当然カレンダーとは無縁だ。

今日の勤務は遅番で、十四時からの出社になる。

「うん。悠斗さんも、夕方からね？」

「ああ。今日はイギリス行き夜の便だ」

同じくＲＡＪに勤める彼の仕事はパイロットで、先月三十四歳の若さで機長に昇格したばかりだ。三十代の機長は、国内ではほんのひと握りしかおらず、その優秀さに社内がわいたのは記憶に新しい。

イギリスのヒースロー空港までのフライトは、十二時間を超える。そのため、機長二名と副操縦士が一名乗り合わせて、交代しながらのフライトとなる。

今回彼は、SIC（セカンド・イン・コマンド）といって、第二指揮順位の機長を務めると教えてくれた。途中で休憩が入るとはいえ、長時間の拘束《こうそく》になるため疲労は大きいだろう。

「気をつけて、行ってきてね」

歳の差が八歳もあり、最初は砕けた口調で話せなかったものの、交際をはじめて二年近くの月日を共に過ごす中で、自然と慣れてきた。

一緒に朝食をとって身支度を終えると、一度自宅に寄るため、早めに悠斗さんのマンションを出る。

「帰りは四日後になる」

「うん。待ってるから」

「陽和も、がんばって。いってらっしゃい」

玄関まで見送りに出てきた悠斗さんが、私の額に口づけを落とす。

「い、いってきます」

幾度となく肌を重ねた仲だというのに、明るい場所でのスキンシップは未だに気恥ずかしい。慌てて背を向けた私を、悠斗さんがくすりと笑った。見えていなくとも、私が頬を熱くしてうろたえているなんて、彼にはお見通しなのだろう。

マンションの外に出ると、春の訪れを感じさせる柔らかな風が、肩の少し下まで伸びた黒髪を揺らす。

別れ際はいつだって名残り惜しくて、未練がましく背後を振り返る。彼のいる二十階はあの辺りだろうかと、じっと見つめた。

私以上に不規則なスケジュールをこなす悠斗さんは、少しでもプライベートの時間を確保するために、空港からほど近い場所に住んでいる。

立地条件がよくて人気のエリアのため、この辺りで部屋を借りようと思うと相当高額になるだろう。グランドスタッフの私の給料では、とても無理だ。

最初に彼のマンションを訪れたときは、あまりの豪華さに足がすくんだのを今でも覚えている。会社が借り上げている、若干年季の入ったマンションに住む私とは、生活の水準がまるで違う。

エントランスには二十四時間コンシェルジュが常駐しており、困ったときに頼れば大抵のことは解決してくれるらしい。その〝困ったこと〟の範囲はどこまでなのか。なんだか怖くて、尋ねるのはやめておいた。

悠斗さんの部屋は、ブラウンとクリームを基調にシックにまとめられている。

仕事柄、体調管理に気を遣う彼にとって、睡眠の質には特にこだわりがあるようだ。ほどよい反発の高級なマットレスに、自身に合わせてオーダーしたという枕。窓には外の光と音を完全に遮断するカーテンがかけられ、室内をほのかに照らす照明は温かな色合いをしている。そのどれもが、彼が納得して選んだものばかりだと聞いている。

そんな場所で私が一緒に過ごしてもよいのかと迷ったけれど、『ここへ連れてきたのは陽和だけだ。陽和ならいつ来てくれてもかまわない』と言われたら、戸惑いよりも喜びの方が大きかった。

一緒に住まないかという誘いには、勇気がなくてまだ応えられていない。でも、このまま順調に交際が続けばいずれは……と思っている。

最寄り駅まで足早に向かう間、私の頭の中を占めるのは、ついさっきまで一緒に過ごしていた悠斗さんのことばかりだ。

私たちの関係は常に良好で、穏やかな彼はいつだって私を大切にしてくれる。

これまで、大きな喧嘩《けんか》は一度もしていない。大人な彼がどんな私でも受け入れて包み込んでくれるから、喧嘩になりようがないのかもしれない。

人気者の悠斗さんと付き合えば、周りからなにを言われるのかが怖かった。だから、私たちの関係を周囲には秘密にしてほしいというお願いを、彼はずっと守ってくれている。

悠斗さんのことは誰よりも信頼しており、向こうも同じ気持ちでいるのだと少しの疑いもない。警戒心の強い私にそう信じさせるほど、彼はいつも優しく寄り添ってくれる。

まるで依存するかのように、悠斗さんにのめり込む自分が怖くなるときもある。

だからといって、彼から離れるなんて、今の私には微塵《みじん》も考えられない。

時刻は十時半を過ぎたところだ。

スープを作り置きする時間はあるだろうかと、計算しながら家路を急ぐ。

過ごしやすい季節だというのに、疲れが溜《た》まっているのか、ここのところあまり食欲がわかない。体調不良で仕事に穴をあけないように、少しでも食べる努力はしているが、スープやサラダ程度のあっさりしたものしか受け付けないときもある。

帰宅すると、部屋の窓を開けてすぐさま調理に取りかかる。それから簡単に家事を済ませているうちに、あっという間に家を出る時間になっていた。

通い慣れた空港ターミナル駅には、余裕をもって到着した。電車を降りて、人の間を縫うように歩きだす。

勤務地である羽田《はねだ》空港は、いつだって多くの人であふれている。引っ込み思案な私にはとことん不釣り合いな場所だと、ここへ来るたびに感じてしまう。

体調が思わしくないのもあるせいか、つい弱気になる。仕事前にこれではいけないと、首を小さく左右に振りながら足早に進んだ。

両親は、私が就職する少し前に不慮の事故で亡くなっており、夢を叶《かな》えた今の姿を見せられなかったのが残念でならない。

大学教授をしていた父とその助手を務めていた母は、まるで正反対な人だった。

父は人前に出るのが苦手で、いつも研究室にこもりがちになる。それを、明るく社交的な母が『しょうがない人ね』と笑いながら外に連れ出す。一見ちぐはぐなようで、実は相性がぴったりな夫婦だと、周囲の人は微笑《ほほえ》ましく見ていた。

娘の私は、容姿は童顔気味の母に、性格は内気な父に似た。父のことは大好きだが、自分の消極的な部分はコンプレックスになっている。

実家の近所には母方の叔母の奈緒子《なおこ》が住んでいて、両親がそろって留守にするときには、よく私を預かってくれていた。

叔母は、私が生まれるより前から英会話教室を開いていた。母と同じく陽気な性格で、子どもたちにも大人気の先生だった。私も幼少期からその教室に入っていたため、日常会話には困らない程度に英語を習得できている。

彼女のレッスンはとにかくユニークで、季節のイベントに合わせて被り物をしたり声音を変えたりと、いつも笑わせてくれた。ただ、周りの子たちが覚えたての英語を意気揚々と披露する中で、私だけは気恥ずかしくてもじもじしてしまう。

『どうしたら、私も叔母さんみたいに明るくなれるの？』

中学生くらいの頃だったか、叔母に憧れてそんなふうに尋ねてみた。

『私だって、いつもこんな感じじゃないのよ。レッスンのときはね、自分は女優だって言いきかせてるの。でないと魔女のおばあさんのふりとか、恥ずかしいじゃない』

そう照れ笑いをする叔母の姿は意外で、とても印象的だった。

『英語を教えるのは好きなのよ。でも、いざ人前に立つと緊張で声も足も震えちゃって。これじゃあいけないって考えた結果、教えるときはまったくの別人になりきるって決めたの。これがうまくいってね』

叔母の話は、目からうろこが落ちるようだった。

浩二《こうじ》さんという伴侶《はんりょ》を得た叔母は、しばらくは変わらず近所に住んでいたが、その後、夫婦で四国《しこく》へ引っ越すことが決まる。

ふたりを空港まで見送りに行った際、グランドスタッフのお姉さんに親切にしてもらった経験が、この仕事に憧れを抱くきっかけとなった。

内気な性格の自分を変えたかったし、叔母に教えてもらった英語も生かしたい。そんな私の希望に、グランドスタッフの仕事はぴったりだった。

入社して以来、誇りを持って働いている。内気な性格は完全には変えられないけれど、制服を着て更衣室を出るタイミングで叔母の言葉を思い出し、意識を切り替えるのが習慣だ。

ひとり娘の私を存分に愛してくれた両親も、きっと空の上から私を応援してくれていると信じている。

いつものように更衣室に入った私は鏡で身だしなみをチェックする。あどけなく見える一因となっている大きな目は、少しでも大人っぽく見えるように毎日メイクで奮闘しているが、成功しているだろうか？

小ぶりの唇に、薄づきのベージュ系の口紅を塗り直す。

髪は低い位置でお団子にまとめ、前髪は目にかからないようにサイドに流しておく。額に落ちてこないように数回なでつけてから、最後の仕上げである、スカーフを首もとに巻いた。

準備を終えて、頬を二度軽く叩《たた》いた。これがスイッチとなり、背筋がすっと伸びる。

まずは事務所へ向かい、支給されているタブレットで引き継ぎ事項を確認した。その後、カウンター業務に就く。

昨今は機械化が進み、私が働きだす以前から自動チェックイン機が導入されている。航空券の購入や搭乗手続きが可能なうえ、複数の言語にも対応しているため、利用率は高い。さらに自動手荷物預け機もあり、平常時のカウンターの混雑は少しずつ緩和されている。

裏を返せば、カウンターに並ぶのは空港の利用に不慣れな人が多いのかもしれない。そんな事情も考慮しながら、少しでも快適に過ごしてもらえるように、笑顔を心がけて対応している。

「――ひとり娘の結婚式でね」

「おめでとうございます」

何人目かに対応した年配のご夫婦が、出国の理由を教えてくれた。

「海外で挙げるなんて言うから、初めてパスポートもとって……」

ふたりからは、不安で仕方がない様子がひしひしと伝わってくる。国際線の手続きの手順もわからなくて、ずいぶん戸惑っているようだ。

「行き先は、グアムでよろしかったですね？」

「ええ」

「この時季は、たしか雨が少ないはずですよ。当日も、晴れるといいですね」

必要事項を確認する合間でちょっとした話題を挟むだけで、夫婦の表情がわずかに緩むのがわかる。

この仕事に就いて以来、外国語の習得だけでなく、世界の主要都市についても調べるようになった。そこで得た知識が、こうして利用客の安心につながっているのなら学んだ甲斐《かい》があるというもの。

「それでは、隣の手荷物検査台の方へお進みください」

人の波に一段落がついてふと顔を上げたところ、フライトに向かうクルーが視界に入った。

「楠木さんだわ！」

手が空《あ》いて近寄ってきた同僚が、小声ではしゃぐ。

「相変わらず、素敵よね」

仕事もできて容姿も整った彼に憧れる女性は、本当にたくさんいる。同僚のこんな反応も、すっかり見慣れてしまった。

「本当ね」

ロンドンから帰国するまで会えないと思っていたから、この偶然は嬉しくてついじっと見つめてしまう。

その先で、同行していたひとりのＣＡが悠斗さんに声をかけた。もちろん、距離があるからその内容まではわからない。でも、同性でも見惚《みと》れてしまうような笑みを浮かべて、さりげなく彼の腕に触れる様子には、ズキリと胸が痛んだ。

「あの人、馴れ馴れしすぎじゃないかしら」

さっきまで心をときめかせていた同僚が、不満げに訴えながら持ち場に戻っていく。

私も同感だ。

認めたくはないけれど、ふたりとも美男美女でとてもお似合だ。あれほどの美人なら、彼の隣に並んでも少しも引けを取らない。綺麗《きれい》な女性から好意を持って近づかれれば、悠斗さんだって悪い気はしないかもしれない。

そんなふうに不安になりかけたが、よく見れば彼は愛想笑いすら浮かべていなかった。触れてきた女性の腕を、さりげなく避ける。それからひと言ふた言返して、すぐに彼女から距離を取った。

職場での彼は、こんなふうに必要以上に異性に近づかない。自分に自信がない私はどうしても心配になってしまうが、彼の行動は徹底しているから、必要以上に落ち込まずにいられる。

ふと視線を上げた悠斗さんと、ぱちりと目が合う。昨夜から今朝まで一緒に過ごしていたというのに、たったそれだけのことで浮かれそうになった。

それまで真剣な顔をしていた彼の表情が、わずかに緩む。彼は時折、勤務中にもこんなふうにアイコンタクトを送ってくれる。

私だけに向けられたその笑みに勇気づけられて、周囲に悟られないように小さく微笑み返した。

仕事を終えて、自宅の最寄り駅で電車を降りた。

勤務中はずっと動き回っていたから、疲労で体がだるい。ようやく家のそばまで帰ってきて気が緩んだのか、改札を出たところで立ち眩《くら》みがしたため、近くのベンチに座った。

しばらくして症状が治まり、悠斗さんは今どの辺りを飛んでいるのだろうと、夜空を見上げる。イギリスへ到着するのは、おそらく日本時間の明日の昼頃だろう。

実のところ、私が飛行機に乗った経験は数えるほどしかない。しかも行き先は、大好きな叔母夫婦の住んでいる四国の高松《たかまつ》空港のみだ。

まだ見ぬ海外には、いったいどんな光景が広がっているのだろう。

パイロットの座る機体の先端からは、どんな素晴らしい景色が見えるのか、悠斗さんにせがんでよく話を聞かせてもらっていた。

何度か『海外にも一緒に行きたいな』と誘われているが、まだ実現していない。

パイロットは確実に有給が取れるため、計画しようと思えば不可能ではない。でも、機長への昇格を目指して時間を惜しむように励む彼を見て、今はそちらに集中してほしいと断り続けてきた。悠斗さんが不満そうな顔を見せたのはほんの一瞬で、『それなら、なんとしても最短で昇格しないと』と冗談めかしていた。

優秀な人だから、それほど遠くないうちに叶うのだろうと思っていた。でも、まさかこんなに早く実現するなんて、予想を軽く超えている。

ひとたび仕事を離れれば、やはり私の頭の中は悠斗さんでいっぱいになる。

彼もそうだったらいいのに――と、切ないため息をこぼしながら立ち上がった。

最後に悠斗さんと会った日から、四日が経《た》った。彼は今晩、イギリスから日本へ帰ってくる予定だ。

早番の勤務を終えて、駅から自宅までの道をゆっくりと歩く。

夕方というにはまだ早く、見事な青空に、普段ならこのまままっすぐ帰宅するのをもったいなく感じていただろう。気が向けば、寄り道をしてショッピングを楽しんでいたかもしれない。ただ、今日だけはどうにもそんな気になれなかった。

ここのところ食欲がなく、気分の浮き沈みが大きい。自分でも原因はよくわからずにいたが、なんだかふさぎ込みがちで、同僚にも『どこか悪いんじゃない？』と言われるほど不調は明白だった。

さらに今日は、休憩時間に吐き気をもよおして、慌ててお手洗いに駆け込んだ。それを見ていた人から『もしかして……』と意味深に仄めかされたが、きっと張り切りすぎて疲れが出たのだとごまかした。

その場では否定したが、自身の身に表れている症状から、私も同じような予感がしてならない。

行きつけのドラッグストアに入り、目的の妊娠検査薬を手に取る。

悠斗さんとは男女の関係にあるのだから、いくら気をつけていたとしても、妊娠する可能性がゼロだとは言い切れない。

家に着いて真っ先に、お手洗いへ向かう。説明書の手順通りに検査をして、結果が出るのをじっと待った。

「嘘、でしょ」

白いスティックを握る右手が、小刻みに震える。そうかもしれないと疑っていたとはいえ、くっきりと現れた二本の線に動揺が隠せない。

呆然《ぼうぜん》としたまま、リビングに敷いた柔らかなラグの上に座り込む。

悠斗さんは、行為のときは必ず避妊をしてくれている。それに安心して、彼に完全に任せっきりだった。

それがこういう結果を突きつけられて、なにもしていなかった自分は無責任だったかもしれないと、今さらながら後悔の念に駆られる。

『コンドームによる避妊は、百パーセントではない。少しのミスで、妊娠に至る可能性は十分にある』

十年以上も前に、学校の保健体育の授業で耳にした教師の言葉が、不意によみがえった。

女性の側だって、併せてほかの対策を取るべきだったのだ。

でも、それを実践している未婚のカップルは、いったいどれほどいるだろうかと、陽性の結果を示す検査スティックを複雑な気持ちで見つめた。

「赤ちゃん、いるんだ」

ぼそりとつぶやきながら、下腹部に触れる。温もりがほんのりと伝わり、張り詰めていた緊張が少しだけ緩んだ。

しばらく経った頃、自身の口角がわずかに上向きになっていることに気づいて、ハッとした。

私と悠斗さんとの間には、未来のたしかな約束などなにもない。だから、幸せに浸っている場合ではなかった。

別れを予感させるものはないけれど、このまま付き合いが続けばいずれは結婚に至るだろうと、私が漠然と考えているだけにすぎない。

最近は、悠斗さんから将来を仄めかす言葉が出ているくらいだから、きっと同じように思ってくれていると信じたいが、それでも今はすべてが未確定だ。

そんな不確かな関係で妊娠したなんて、いろいろとよくないに決まっている。

頭ではそうわかっているのに、愛する悠斗さんとの子どもができたことを幸せに感じてしまう自分もいて、その矛盾に胸が苦しくなる。

どれくらいの時間が経ったのか、不意に鳴り響いた着信音に驚いて我に返った。

夕方に帰宅していたのに、窓の外はすでに暗くなっている。今日の昼間は、ジャケットもいらないほど暖かかったのに、今はすっかり気温が下がり、寒さに小さく体を震わせた。

ゆっくりと立ち上がり、テーブルに置いたままになっていたスマホを手に取る。

【ただいま】

悠斗さんからのメッセージに、無事に帰ってきたのだとひとまず安堵《あんど》しながら、返信の文面をつづる。

【おかえりなさい。長時間のフライト、お疲れ様。ここのところ体調が思わしくなくて調べてみたんだけど】

妊娠の可能性をメッセージで伝えるのはよくないと、労わりの言葉に続いて打ちかけた文字を慌てて消去する。

彼を動揺させるのは本意でない。まだ妊娠が確定したわけではないし、医師の診断を受けてはっきりするまでは軽々しく話さない方がいいだろう。

その結果、もし本当に妊娠していたとしたら、きちんと顔を合わせて伝えたい。いったい彼は、どんな反応を示すのか。怖いけれど、ふたりのことなのだから、自分の目で悠斗さんの本音を見極めるべきだ。

【おかえりなさい。体をしっかり休めてね】

ありきたりで平凡な返しになってしまったが、今はこれ以上なにも考えられない。

結局、今晩も食欲がわかず、食事をとらないまま早々にベッドに潜り込んだ。

翌日の仕事上がりに、予約しておいた近所の産婦人科に立ち寄った。

ひと晩経って冷静になってみれば、あの結果が間違いであるに越したことはないと、嬉しい気持ちとは別に納得していた。

未婚なのに子どもができたと知られれば、周囲の心証はよくないだろう。それがもとで悠斗さんの足を引っ張るなど、絶対にだめだ。

それに、彼のご両親にとっても、会ったことのない息子の恋人がいきなり妊娠したと言われたら、きっとよい感情は抱かない。

そう考えたら、残念だけれども、手放しで喜ぶばかりでいられないと気づいた。

不安な気持ちで、待合室の椅子に腰を下ろす。

もし妊娠していなかったら、気晴らしにそのまま美味《おい》しいスイーツを食べに行くのもいい。本屋も覗きたいし、春物の服もほしい。

「三島《みしま》さん。三島陽和さん。第二診察室へお入りください」

心細さをごまかすように想像した楽しい計画は、名前を呼ばれて中断を余儀なくされる。

重い腰を上げて、指示された部屋へゆっくりと足を踏み入れた。

「――妊娠していますね。出産の予定日は……」

偽陽性かもしれないという淡い期待は、内診後すぐに否定された。

それ以降、医師の言葉がほとんど頭に入ってこなくなる。

寄り道もしないでどうにか自宅に帰り着くと、ソファーにもたれるようにして膝を抱えて座り込んだ。

私の妊娠は、悠斗さんにとって迷惑になりかねない。

冗談で結婚を仄めかす人ではないから、彼の方も意識しているのは間違いないと思う。でも、子どもができたとなれば話は別だ。

機長に昇格したばかりのこのタイミングで、こんな話が周囲に知られたら、彼がこれまで築き上げてきた信用は一瞬で崩れかねない。そうなれば、仕事だってしづらくなるだろう。

揺れる気持ちを持て余して、腕にぎゅっと力を込めた。

想像だけで一喜一憂していたら、身がもたない。とにかく、悠斗さん本人と話をするまではいくら悩んでも仕方がないと、不安を無理やり呑《の》み込んだ。

仕事が休みだった昨日は、一歩も外に出ることなく、ベッドの中で過ごしていた。それにもかかわらず、体は重い。

カーテンの隙間から日の光が差し込んでいるのに気づいて、渋々体を起こす。そのまま座り込んでいると、ベッドサイドに置いたスマホのアラームが鳴りだした。音を止めてふと、新しいメッセージを受信しているのに気がつく。送り主は、悠斗さんだ。

昨日の昼頃に、私から会えないかとメッセージを送ってある。返信があったのは夜になってからで、すっかり寝入っていたせいで気づかずにいた。

【すまない。今日は出勤している】

フライトの予定はなかったようだが、もともと会うのは叶わなかったらしい。

ため息をひとつついて、ようやくベッドを抜け出した。

午後になり、職場へ出向く。更衣室で着替えを済ませて、スカーフを手に取った。

「ねえねえ、聞いた？」

居合わせた同僚らが、いつものように噂《うわさ》話をはじめた。

「なにをよ」

「楠木さんよ」

予期せず飛び出した恋人の名前に、思わず耳をそばだてる。

もしかして、また誰かに告白されたのだろうか？

長身で整った容姿をしている悠斗さんは、どこにいても女性たちの視線を集めている。ただでさえ素敵な要素をたくさん持ち合わせているのに、最近はさらに最年少機長という魅力もプラスされた。おかげで、以前にも増して噂話に名前が挙がる。

しかも社内の人間にとどまらず、他社のＣＡやグランドスタッフからも告白されていると聞く。

隠し事はしたくないからと、彼は私にすべてを話してくれる。その回数の多さにはもやもやするものの、報告してくれるおかげで不安はそれほど感じていない。

「社長の息子だったなんて、びっくりしたわよ」

「そう、それ！　なんでも、変に気を遣われたり配慮されたりしたくないからって、

「本当は〝桜庭《さくらば》さん〟っていうのね」

母親の旧姓の〝楠木〟で通していたんですって。本当は〝桜庭《さくらば》さん〟っていうのね」

いったいなんの話なのかと混乱して彼女らの方を見ると、こちら側に体を向けていたひとりと目が合ってしまった。

「三島さんは昨日休みだったから、知らないかしら？」

話を振られて、わずかに緊張する。盗み聞きをしていたなんて、悪く思われないだろうか。

「は、はい。あの、楠木さんになにかあったんですか？」

「やっぱり気になる？　実はね、昨日の夕方頃、パイロットの楠木さんに関して連絡があったのよ。なんでも、お披露目会？だったかしら。とにかく、最年少で機長に昇格したお祝いの会みたいなものを開くんですって。それも相当な規模を予定しているみたいで、子会社に属している私たちグランドスタッフにまで知らせがきたのよ」

彼の優秀さに、会社が一目置くのも当然だろう。だからといって、たったひとりの社員のために大きな会が開かれるのは普通ではあり得ない。

でも、彼が本当に社長の息子だというのなら、そんな待遇もおかしくない。

「その連絡と同時に、楠木さんが実はＲＡＪの社長の息子だって公表されたのよ」

「桜庭家の人間だという、正式なお披露目を兼ねた会なのかもしれないわね」

衝撃的な話に、なにも言えなくなる。

彼からお兄さんがひとりいることは教えてもらっていたが、父親がそんな立場にあるだなんて知らなかった。

「社長の親族なのは社内でも一部の人間にしか知らせていなかったみたいで、徹底して緘口令《かんこうれい》が敷かれていたのね」

「これから、ますますモテるに違いないわ」

うなずき合ったふたりの話は、「そういえば……」と違う内容にシフトしていく。

さりげなく会話から抜けて、鏡に視線を戻した。頭の中は今聞いた話が占拠しており、スカーフを結ぶ手が震えてうまく整えられない。

これから仕事だというのに冷静になれず、頬をパチンと叩いてみたけれど、それほど効果はなさそうだ。心の内の不安は、払拭しきれず居座っている。

事務所へ行き、業務連絡を確認する。更衣室で聞かされた話は事実だったようで、悠斗さんのお披露目についてメールが届いていた。

ヒソヒソと話している同僚たちの姿を見ると、もしかして悠斗さんに関する話かと考えてしまう。

その後、動揺したまま表に出たのがいけなかったのだろう。十分に注意をしていたつもりなのに、大きなミスを犯してしまった。

「三島さん。最後に対応した方の、手荷物超過料金を受け取り忘れているわ」

現場の責任者から、慌てた様子で声をかけられる。

「え？」

「ほら、細身で背の高い男性よ」

瞬時に思い出して、ハッとする。周囲に目を凝らして当事者の背中をようやく見つけると、すぐさま近づいた。

事情を説明したところ、かなり迷惑そうな顔をしながらも、なんとか理解してもらえたのは幸いだった。

新人でもないのに、あり得ないミスだ。全面的に私が悪く、いただいたクレームをすぐさま上に報告する。

「──今回は大事にならなかったからよかったけど、たったひとつのミスで、オンタイムを守れない事態を招きかねないのよ」

飛行機を定刻通りに飛ばす。それが私たちグランドスタッフに課された使命であり、そのために、ときには空港内を奔走することもある。

「申し訳ありませんでした」

あきれられても仕方のない失態だった。

悔しさに涙が滲《にじ》みそうになるが、泣いている場合ではないと、ぐっとこらえる。

「それだけじゃないわ。私たちの対応が、旅の印象を左右するといっても過言じゃないの」

さっきの男性は、搭乗してからも苛立《いらだ》ちを残しているかもしれない。機内でいくらCAが心からのおもてなしを提供したとしても、最初に受けたマイナスの印象は簡単にはなくならないだろう。

「いつもちゃんとしている三島さんらしくないわね。今日はスタートから、なんだか覇気《はき》がなかったし」

不安定な精神状態を引きずったまま、現場に立ってしまった結果がこれだ。

「すみません」

「気を引きしめて業務にあたってください」

「はい」

これではいけないと、無理やり気持ちを立て直す。

それ以降はいつも以上に慎重さを心掛けたため、なんとかミスなく終えられた。

逃げるように職場を後にして、そそくさと電車に乗り込む。

今日はどこにいても、悠斗さんの話でもちきりだった。彼だけでなく、お兄さんについても話題に上っていた。

兄の仁《じん》さんは、関連会社の勤務を経て、今は本社で役職に就いているらしい。そんな私とはあまりにも別次元の話に、感情がうまくついてこない。

目の前の電車のドアに、コツリと頭をつける。車体の揺れをダイレクトに感じながら、ふうと息を吐き出した。

「どうして教えてくれなかったんだろう……」

なじるようなつぶやきは、騒音に紛れていく。

帰宅してダイニングの椅子に座り、両肘をついて顔を覆った。

お互いに信頼し合っていると思っていたのは、もしかして私の独りよがりだったのだろうか。

二年もの間付き合ってきたのに、本名や出自といった重要な事柄を明かしてもらえていなかった。その事実に、心を抉《えぐ》られるようだ。

出会ってすぐならいざ知らず、深い関係にある今でも秘密にされていたのは、彼が私を信用していなかったからかもしれない。

真相を確かめもしないで、状況だけで決めつけてしまうのは嫌なのに、あまりに衝撃が大きくて、悪い方へばかり考えてしまう。

「はあ……」

悠斗さんの気持ちは、本当に私にあったのだろうか？

積み重ねた時間は短くないはずなのに、私にとっては一瞬にしてそれを塗り替えてしまうほどの隠し事だった。彼に対する確固たる信頼が、少しずつ揺らいでいくのがわかる。

だからといって、好きだという気持ちがすぐに消えるわけではないから苦しい。

おまけに、彼の子を妊娠しているという現実が重くのしかかる。

妊娠を伝えるべきなのは当然なのに、彼になにを言われるのか、これまで以上に怖くなってきた。

社長の息子という立場にある人が、一般社員でしかない私と結婚なんてできるのか。

おまけに私はすでに両親を亡くしており、なんの後ろ盾もない。到底、彼のご両親が納得するような相手にはなれないだろう。

もしかして、公表したのを機に別れを切り出されるかもしれないとまで考えて、涙が込み上げてきた。

気持ちがぐちゃぐちゃで、冷静になれない。

この状況を打開するには、とにかく本人と話をするしかないと思い至って、会う時間をくれるように悠斗さんにメッセージを送った。

【ごめん、陽和。俺についてなにかと言われているようだが、いずれきちんと話す。ただ、しばらく忙しくなりそうなんだ。こちらから必ず連絡をするから、待っていてほしい】

ずいぶん経ってから返ってきたのは、こんな内容だった。

今月の彼は国際線を担当しており、ひと月の半数以上は自宅に帰れない。おまけに、悠斗さんが本社へ呼び出されたという話も聞こえてくるくらいだ。身分を明かしたのに伴って、なにかしら任される立場になるのかもしれない。会う時間がなかなかとれないのも仕方がないと、頭では理解している。

〝こちらから必ず連絡をする〟と言われてしまった以上、電話をするのも憚《はばか》られ、言われた通りに待つしかなかった。

それから数日しても連絡はなく、じりじりとした時間を過ごした。

【話がしたい】

どうにも待ちきれなくて送ったメッセージに返信があったのは、一日経ってからだ。

彼のフライトスケジュールに変更はないようで、今はアメリカにいるらしい。

【すまない。近々きちんと説明する。だから俺についての話はすべてを鵜呑《うの》みにしないで、信じて待っていてくれ】

その言い回しから想像するに、事実も交ざっているのかと、ひねくれた見方をしてしまう。

いつになったら会えるのか。不安が膨れ上がるにつれて、私の中にあった彼への信頼もますます崩れていく。

ふたりとも不規則な生活をしているのだから、すれ違うのは仕方がない。それくらい、これまでの付き合いで十分にわかっていた。

それでも関係が順調に続いていたのは、お互いに歩み寄る気持ちがあったからにほかならない。

でも、今は違う。

待たされるばかりの状況に焦る中、彼に関する噂はさらに増えていった。

「楠木さ、あっ、桜庭さんだったわね。彼、CAの川北《かわきた》さんに告白されたみたいよ」

「やっぱり川北さんも、桜庭さん狙いだったかあ。で、返事は？」

聞きたくないのに、気になってしまう。

「社内一の美人CAを振る男なんて、そうそういないわよ。きっと、OKしたんじゃない？」

悪意のない明るい声が、ただでさえ傷ついていた私の心をさらに痛めつける。

「私は、西山《にしやま》さんに告白されたって聞いたわよ」

「それそれ、私も聞いたわ。なんでもステイ先で一緒に過ごしたんだとか」

「やだぁ。なにそれ、もしかして〝朝まで〟だったりするの？」

どこまでが本当の話なのかわかりもしないのに、聞こえてきた内容に耐えかねて、ぎゅっと手を握りしめる。

以前から悠斗さんは、異性との接触に徹底して線引きしていた。

社内で彼と噂になった女性は、これまでひとりとしていなかったのも周知の事実だ。

実際に本人からも、仕事でつながりのある女性とは付き合ったことがないと聞いている。近すぎる関係性はトラブルのもとになるから、あえて避けてきたらしい。

そればかりか、就職してから私と付き合うまではしばらく誰とも交際していなかったとも教えてくれた。

長年、そう一貫してきた悠斗さんが私に告白してくれたのは素直に嬉しかったが、その気持ちも今のこの現状に色あせていく。

「じゃあ、ついに彼女ができたってこと?」

本人に確認できないせいで、噂話がまるで真実であるかのように思えてしまう。

そんな中、彼からやっとメッセージが届いた。

【火曜の夜に会えないか? いろいろと説明させてほしい】

ほっとしたのは束の間で、翌日、【ごめん。急用が入ってしまった。後日必ず時間をとるから】と呆気《あっけ》なくキャンセルされた。

これ以上待てず、こちらから電話をかけたがつながらない。私が出られないタイミングで折り返しはあったものの、かけ直しても今度は彼の都合がつかない。そんな繰り返しに、焦りと不満が募っていく。

【いつになったら会えるの?】

文字だけで、責める気持ちは伝わるだろうか?

一刻も早く彼に会って、妊娠について相談したい。

なにも進展がないまま、気づけば産婦人科へ行ってから三週間近く経っていた。

二週間後にもう一度受診するように言われていたのを思い出して、慌てて予約を入れながら職場に向かう。

始業ブリーフィングを終えて、割り振られていたゲート業務の準備を進めた。ここでは搭乗手続きを終えたお客様を、出発ゲートから機内へ案内していくのが主な役割になる。

時間になり、搭乗手続きが開始される。

今は仕事中なのだと自身に言い聞かせて、必死に笑みを浮かべる。けれどその間ずっと、軽い吐き気に襲われていた。時間の経過と共に、悪阻《つわり》の症状は確実に重くなっている。

不調をなんとか耐えきり、ひと通り捌《さば》けたところで、ゲートリーダーを務める青山《あおやま》さんが慌てた様子で近寄ってきた。

「三島さん、搭乗予定の田口《たぐち》様ご夫婦がまだいらっしゃらないの。声かけをお願い」

若干焦りを滲ませているのは、出発まであと十分ほどしかないからだ。

「わかりました」

名前を呼びながら、すぐさま周囲を足早に回る。

飛行機に乗る直前のこの時間が、もっとも気分が高揚するのだという。そのため、つい気が緩む人も少なくない。過去にも、買い物や食事を楽しんでいて時間を忘れていたという例はたくさんあった。

「北海道《ほっかいどう》行き、六十七便にご搭乗予定の田口様……っ……」

慌てるあまり足もとへの注意が疎《おろそ》かになってしまい、躓《つまず》いて転びかけた。とっさに壁に手をついたからよかったものの、もし間に合わなかったらお腹の子に影響が出たかもしれずゾッとする。

その後、田口様については無事に見つかって事なきを得たが、気持ちが晴れないまま終業を迎えることになる。

妊娠の事実を明かさないで仕事を続けるなんて無理だ。いつかきっと、周囲に迷惑をかけてしまう。

グランドスタッフの仕事は、長時間立ったままの業務が多い。おまけに、重たい荷物を持ち上げることも少なくない。それもあって、結婚か妊娠のタイミングで退職を選ぶ女性が多い気がする。

職場にも悠斗さんにも、いつまでも黙っているわけにはいかない。彼とこれほど会えないのならば、メッセージで伝えるのもやむを得ないと考えながら、帰り支度をはじめた。

「ねえ、桜庭さんの新しい話は聞いた？」

また噂話かと、開いたロッカーの扉の陰でそっとため息をつく。

女性の多い職場で、噂話が横行するのは仕方がない。それがここ最近はすっかり悠斗さん絡みの話ばかりで、少々うんざりする。

きっと不安になるような話だろうと予想できるのに、嫌でも聞こえてしまう。耳をふさいでしまいたいが気になるのも本当で、結局は話し声に意識を集中させていた。

「お見合いするらしいわよ」

本人と直接話すまで、噂に惑わされてはいけない。必死にそう言い聞かせてきたけれど、今のひと言に反応して、うつむいていた視線を上げる。

「なんでも、お相手は大手旅行会社の上役の、ご令嬢だって話よ」

「それ、私も聞いたわ。たしか君島《きみじま》……咲良《さくら》さん、だったかしら?」

『君島グループ』の名前は、私でも知っている。メイン企業である君島観光をはじめ、不動産業など様々な事業を展開していたはずだ。

相手の名前まで出るなんて、単なる噂にしては具体的すぎる。

嫌な予感に、震えだした手をぐっと握りしめた。

「まあ、社長の息子なんて立場の人なら、そういうこともあるのかな。あーあ、残念」

「残念って、告白する気もなかったくせに」

「私にとって桜庭さんは、憧れの芸能人みたいなものなの。フリーであることに意味があるんじゃない。まあ、年齢的に考えても、そろそろってところなのかな」

連絡が途絶えがちで話もできないのは、立場を明かしたせいで忙しくなったからではなかったのだろうか。

迷惑をかけないように配慮しながら送ったメッセージの返信は、決まって【信じて待っていて】【説明するから】ばかりだ。結局、彼からは未だになにも教えてもらっていない。

休みもうまくかみ合わなくて、電話もままならない。まして、会うなんて叶いそうにもない。

それらの原因は忙しさからではなく、もしかして見合いの準備を進めるためだというのか。その中には、私との関係を切るのも含まれているのかもしれない。

いったい、なにを信じていいのかわからなくなる。

噂話をしていた社員が出ていき、更衣室には私ひとりになった。すぐさまスマホを取り出して、さっき聞こえてきた名前の女性について検索をかける。

君島グループのホームページを開き、震える手で画面をスクロールしていく。

君島観光はここ数年、海外旅行の取り扱いに力を入れているようだ。ＬＣＣ各社との提携も進める傍ら、高級路線のプランの開拓も進めている。

そうだとしたら、大手航空会社であるＲＡＪの関係者と縁づきたいのもうなずける。

咲良という名前は見つからなかったものの、さっき漏れ聞いた情報からすると、代表の親族なのだろう。

君島グループのご令嬢が、航空会社の社長の息子である悠斗さんと結婚するメリットは明白だ。RAJとしても、今後どんな路線を推し進めていくのか、対外的に戦略をアピールできる。

単なる噂だと忘れてしまいたかったのに、具体的になっていく事実がそうさせてくれない。

彼との交際を周囲に明かしてこなかったのは、よかったのか悪かったのか。

もとからなにもなかったかのように振る舞えば、ふたりの間に付き合いがあった事実は簡単に消せてしまうと気がついて、恐怖で足もとがおぼつかなくなる。

とっさに、ロッカーに手をついて体を支えた。

もしかして悠斗さんは、それを狙っているのだろうか。誠実な人だと思っていたのに、彼には私の気づけなかった一面があるのかもしれない。

嫌な憶測ばかりが思い浮かび、すっかり暗い思考にはまっていたところで、更衣室の扉が開く音が聞こえて大きく肩が跳ねた。

ここに長居をしていても仕方がない。慌てて荷物をまとめて外に出る。

今の精神状態で悠斗さんと対面したら、話も聞かずに棘《とげ》のある言葉をぶつけてしまいそうだ。とにかく、心を落ち着ける時間がほしい。

一刻も早く彼に会いたかったはずなのに、噂話に翻弄されて真逆の思いに囚《とら》われる。

悠斗さんに出くわすかもしれないこの場を離れたくて、一心に駅を目指す。

——その時だった。

「悠斗さん！」

今まさに私を悩ませている人の名前が聞こえて、思わず立ち止まる。

声は若い女性のものだ。振り返ると、丈の短い淡いピンクのワンピース姿の女性が、まっすぐに駆けていくのが見えた。

想像するに、年齢は私と同じ二十代半ばくらいだろう。若干つり目がちな目もとは勝気な印象を与えるけれど、自由奔放な様子が無邪気にも見せている。緩く巻いたミルクティー色の髪が、彼女の動きに合わせて楽しげに揺れた。

私とは真逆の、モデルのようなほっそりとした体型。惜しげもなく晒《さら》された長い足は日焼けとは無縁の白さで、同性でもつい見入ってしまうほど魅力的だ。

彼女の向かったその先にいた長身の男性は、私の恋人で間違いない。仕事上がりのようで、制服ではなくスーツを身に纏《まと》っている。

驚きに目を見開く悠斗さんに、女性が駆け寄り勢いよく飛びつく。とっさに抱きとめた弾みでよろけ、彼の表情は見えなくなった。

一方の女性は、悠斗さんに抱きつきながら心底嬉しそうな笑みを浮かべている。

あの人が、見合い相手の君島さんなのだろうか。体を密着させるふたりを、呆然と見つめた。

悠斗さんによって、すぐさま距離を取られる。さすがに、周囲の目を気にしたのかもしれない。

いくつかの言葉を交わしているようだが、詳細まではわからない。

女性は表情豊かな人で、今は不満をあらわにしている。けれど、なにかを本気で怒っているわけではなさそうだ。まるで、恋人に対してかわいらしくアピールしているようにも見える。

焦《じ》れたように、女性の方がおもむろに彼の腕をくいっと引いた。同時に、艶《つや》のあるピンク色に塗られた唇を、わずかに尖《とが》らせている。

口づけをするのだと察したときには、すでにふたりの影が重なっていた。

人目を憚らない様子に、ズキズキと胸が痛みだす。すぐさま身を翻《ひるがえ》して、目を背けた。

こんな場面なんて、見たくなかった。見合いをするどころか、まさかもう恋人のような関係になっているとは思いもよらず、頭が真っ白になる。

「いたっ」

すれ違った人の鞄《かばん》が肩に当たって、体がよろけた。

──今はもう、なにも考えたくない。考えられそうにもない。

頬を伝う涙を拭うのも忘れて、その場を後にした。


翌日、病院へ向かう私の中では、中絶の意思が固まっていた。

昨日見かけた彼らの様子に、もう悠斗さんと一緒にいる未来はないのだと思い知らされて、妊娠に対する喜びも感動も感じられなくなってしまった。

ありもしない幸せな未来を、わずかとはいえ想像していた自分があまりにも哀れだ。

あの時間に仕事を終えていただろう彼からは、結局、今に至るまで連絡ひとつきていない。昨夜はきっと、彼女と過ごしていたのだろう。

私にはごくわずかな時間すら割く気はないというのが、あの人の答えなのだ。

ひと晩中泣きはらしていたせいで瞼は腫《は》れて、化粧でもごまかしきれないひどい顔になっている。

正直、外に出たくなかったが、受診をさらに先延ばしにするわけにはいかない。不安に押しつぶされそうになりながら、うつむいて順番を待つ。

診察室へ入るように呼ばれて、医師の前の椅子に腰を下ろした。

中絶の話をどのタイミングで切り出そうかと迷っているうちに、診察台へ促されてエコーの準備をする。

「三島さん、見えますか？　ほら、この点滅しているのが、赤ちゃんの心臓です。元気に動いてますね。順調ですよ」

モニター上の医師が示した個所に、大人の鼓動よりも高速でチカチカと点滅しているのが見える。

自分が妊娠しているのは、これまでも理解しているつもりだった。けれどこうして実際に新しい命が芽吹いている様子を見せられて、一層現実味が増す。

安易な気持ちで中絶を決断したわけではないけれど、ここにきて本当にそれでいいのかと迷いが生じる。

恋人の裏切りの場面を目にして、彼の子を産むなんてできないとあれほど強く思ったのに、このほんのわずかな時間で気持ちが揺らぎはじめる。

いったい自分はどうしたいのかが、さっぱりわからなくなってしまった。

「三島さんは、未婚でしたね？」

「はい」

「もし産まない選択をされる場合は……」

未婚の女性の妊娠は、産婦人科医にすればそれほど珍しくもないのだろう。淀《よど》みなく続く説明に、複雑な気持ちで耳を傾ける。

どんな処置を受けることになるのか。今後の妊娠に影響が出る可能性の有無。そんな話を聞いていると、だんだん怖くなってきた。

「どうされるかは、パートナーとよく相談して……」

これまでは、その相手と連絡すら取れないのがもどかしかった。

今だって伝えるべきだと頭ではわかっているのに、どうしても悠斗さんに会いたくない。

彼が君島さんと結婚するのなら、私もこの子も不都合な存在になるだろう。それなら、このまま知らせない方がいいかもしれない。

そんなふうにあの人を理由にして、妊娠を明かさない現状を正当化する自分が嫌になる。

「もし、妊娠の継続を希望されない場合、判断は……」

堕胎のリミットまで示されて、言いようのない不安に襲われた。

さっき見たあの小さな点滅を、私の判断で止めてしまっていいのだろうかと、疑問がぶり返す。

違う。疑問なんかじゃない。ひとりで決めるにはあまりにも荷が重くて、命を奪うという罪悪感から逃げたいだけだ。

ひと晩かけて固めた意志は、完全に振り出しに戻ってしまった。結局、中絶の話を切り出せないまま診察室を後にした。

会計を待つ間、さりげなく周囲を見回す。

ふっくらとした自身のお腹を幸せそうになでる女性もいれば、上のお子さんを連れた人もいる。旦那さんが付き添っている家族もいた。それぞれの幸せそうな様子を、うらやましい気持ちで見つめる。

授かった命を本当に手放さないといけないのかと、そっと自身の下腹部に触れた。

命を軽視するつもりは決してない。ただ、一生を左右する選択に、どうしたって迷いは生じる。

私を裏切った悠斗さんに対する怒りや悲しみは、たしかに感じている。

でもこの二年間、彼がたくさんの愛情を注いでくれたのも、今すぐには忘れられそうにない。あれが、彼の本心だったかどうかにかかわらずに、だ。

楽しい思い出は数えきれないほどあり、感情の整理は簡単につけられない。

それに、エコー画面を見てからというもの、自分の中にそれまでになかった感情が芽生えつつあるのにも気づいてしまった。

この命を守れるのは、私だけだ。一生懸命生きようとする様に、無性に愛しさがあふれてくる。

覚悟もないまま、曖昧《あいまい》な気持ちで子どもを育てていけるわけがないとわかりながら、それでもどうにも手放し難くなる。

この子は、間違いなく私の子だ。その事実だけで十分じゃないかと、ひとまずそれ以上難しく考えるのを放棄した。

会計を済ませて外に出た頃には、もし産むとしたら、と考えはじめていた。

今の仕事と子育てを両立するのは、業務内容と変則的なシフトを考えればほぼ無理だろう。せめて協力してくれる身内がいれば別だが、身近に頼りにできる人はいない。

どうしたらいいのか途方に暮れながら、自宅を目指してとぼとぼと歩く。

帰宅後は、気は進まなかったが、少しでも食べられるものを口にした。それだけでなんだか疲れてしまい、ソファーに横たわって体を休める。

いつの間にかうたた寝をしていたところ、スマホの着信音に起こされてしまった。

悠斗さんだろうかと一瞬出るのを躊躇したが、画面に表示されていたのは叔母の名前だ。

「もしもし」

『陽和ちゃん？　久しぶりね』

「叔母さん」

元気にやっているのか、いつものように連絡してくれたのだろう。

幼い頃からなにかと私を気にかけてくれる叔母の声を聞いて、不意に涙が浮かんだ。

わずかに震える私の声音に気づいた叔母が、途端に慌てだす。

『もしかして陽和ちゃん、泣いてるの？』

叔母にはいつも心配させてばかりで、申し訳なくなる。それでも打ち明けられる相手は彼女しかいない。スマホを握り直して、話す覚悟を決めた。

「叔母さん、聞いてくれる？」

『もちろんよ』

「あのね……」

叔母には、悠斗さんと付き合いはじめてしばらくした頃、それとなく彼氏の存在を仄めかしてある。けれど、気恥ずかしさもあって詳しくは話せていない。

涙で声を詰まらせながら、あらためて出会いから、彼がこれまで出自や本名を私に明かしていなかった事実を話した。

「見合いの話も出ているみたいなの。昨日なんて、彼がお相手の女性と親しげにしている姿を見ちゃった」

『まあ……』

スマホ越しに、叔母の困惑する様子が伝わってくる。

「人前で抱き合って、口づけまで……。長く会えなかったり、電話がつながらなかったり、これまでだって仕事の都合でよくあったんだよ。だから、てっきり今回も忙しいんだと思ってたの。でも、違ったみたい」

わずかな沈黙の後、意を決して叔母に伝える。

「それでね、実は私……彼の子を妊娠してるの」

『え？』

てっきり恋人との別れ話だと思っていただろう叔母は、予想外の私の告白に驚きの声をあげた。

「彼とはすれ違いばかりで、伝えられていないの。でも、もう打ち明けるつもりはないわ」

『ちょ、ちょっと、陽和ちゃん。いくらなんでも、黙っているわけにはいかないわよ』

それが当然だと、私だってわかっている。

「彼の立場を考えたら、私の妊娠はきっと迷惑になる」

『そうは言っても……』

悔しさや悲しさはもちろんあるけれど、彼の立場を心配する気持ちも正直なところゼロではない。

これまで、彼が機長となるために努力する姿をずっと見てきた。それだけは嘘ではないと知っているから、こんな状況でも気持ちが揺らぐ。

とんだお人よしだと、自分で自分を責めたくもなる。でも、幸せだった日々の記憶が彼を嫌いにさせてくれない。もはや、意地になっているのかもしれない。

あの人への気持ちなんて、綺麗さっぱりなくなれば楽なのに。

「裏切られたと知って、本当は中絶をする気でいたの。でも、病院でこれが赤ちゃんの心臓だよって、動いているのを見せられたら……」

こらえきれなかった涙に、先が続かなくなる。

「……仕事、どうしよう」

脈絡もなく無意識につぶやいた言葉に、返事はない。叔母を困らせている状況に、心苦しくなってきた。いくら身内だとはいえ、こんな相談をするべきではなかったかもしれない。

どう会話を締めくくろうかと思案する私に、叔母がためらいがちに口を開く。

『あの、ね、陽和ちゃん。私ね、子どもは大好きだけど、残念なことに子宝に恵まれなくて、子育て経験があまりないの』

言葉を選びながら、慎重に話しているのが伝わってくる。

叔母夫婦が子どもを望んでいたのは、もちろん知っていた。さっきの自分の告白は、あまりにも無神経だったとやっと思い至る。

「ご、ごめんなさい。私……」

『いいのよ、気を遣わなくても』

明るい口調でそう言う叔母に、繰り返そうとした謝罪の言葉は呑み込んだ。

『その代わりじゃないけど、姪《めい》を誰よりもかわいがってきたつもりよ。それこそ、赤ちゃんの頃からね。おむつの世話とか食事の手伝いもさせてもらったから、育児経験が完全にゼロではないのよ』

叔母の言う姪とは、私しかいない。父方の実家は遠く、母方の祖父母は高齢だったため、忙しい両親に代わって、叔母はなにかと我が家を訪れて手を貸してくれていたと聞いている。

『陽和ちゃん、本当は産みたいんじゃない？』

「……うん」

それは、宿った命に対する罪悪感から抱きはじめた感情かもしれない。

でも今は、大好きな仕事を辞めて、子育てとの両立が可能な職を探そうかという考えがよぎるほど、私のもとへ来てくれた命を大切に思っている。

お腹に宿ったのは、私の弱い部分も認めて受け入れてくれた、もっとも愛した人との子だ。

この先、彼以上に好きになる人ができるなんて少しも考えられない。

だとしたら、幸せだった思い出だけを胸に、子どもと一緒に暮らす未来も悪くない。

ただし、その決断を下すには、金銭的な不安や仕事を辞めてどこで暮らすのかなど、小さくない問題が山積している。

『陽和ちゃんさえ決心がつくなら、こっちに来ない？　私も、産前産後の手伝いをするわよ』

頭の片隅で、叔母なら助けてくれるかもしれないという、他人任せの考えがあったのは否定しない。それでも、ここまで言ってくれるなど思いもよらず、どう答えてよいのかわからなくなる。

『そっちには、ほかに頼れる親戚がいないでしょ？　私の方は、いつでも歓迎するわ』

「で、でも、おじさんは？」

『あの人が、陽和ちゃんのピンチを見過ごすわけがないでしょ』

たしかに浩二おじさんも、私を実子のようにかわいがってくれる。

『だからね、頼ってくれてもいいのよ。こっちで子どもを産んで、落ち着いたら今後のことを考えればいいんじゃないかしら』

叔母夫婦にかけるだろう迷惑の大きさに尻込みしながら、下腹部に触れる。目を閉じてあのエコー画面を思い出すと、どうしてもあきらめたくないという気持ちがあふれてきた。

この子を守るために、叔母夫婦に甘えてしまってもいいだろうか。

「叔母さん、私……助けてほしい」

考えがまとまらないまま、ほろりと本音がこぼれ出る。

『もちろんよ』

力強い返しに安堵して、我慢していた涙が次々と頬を伝う。泣きやむまでの間、叔母は『大丈夫よ』と優しく語りかけてくれた。

「ありがとう」

しばらくして、私が前向きになれたのを感じただろう叔母は、『楽しみに待っているわ』と言って通話を終えた。

その数時間後に、おじさんからも歓迎すると連絡を受けて、決意が固まった。


翌日早めに出勤して、上司に退職の意向を伝えに向かう。突然の話に迷惑をかけてしまう申し訳なさはあるけれど、そこはもう押し通させてもらうしかない。

妊娠の事実を悠斗さんに伝えない以上、それを退職の理由にしてはいつか知られてしまうだろう。かといって、一身上の都合とするには周囲にも無責任だ。嘘をつくのは申し訳ないが、ここは健康上の不安を理由とさせてもらう。

残っていた有給も使えば、六月中には退職できそうだ。想定よりも早く辞められる目途《めど》が立ち、安堵する。直前まで退職の話が漏れないように、そこだけは徹底してお願いしておくのも忘れなかった。

悠斗さんには、妊娠のことも今後の行き先も告げないと決めている。それについて叔母は最後まで気にしていたが、私にだってプライドはある。妊娠させてしまったのを理由に、仕方なく認知をしたり慰謝料や養育費を払ったりという事態だけは、絶対に受け入れられない。

彼との関わりは、ほんのわずかでも残したくはない。

最後は私から別れを告げて、ここでの生活に区切りをつけたい。

退職までの勤務をこなしながら、引っ越しの準備を着々と進めた。

徐々に物がなくなっていく室内の様子に寂しくなるが、ここで立ち止まってはいられない。それに、気の早い叔母から【買っちゃった】と送られてくるベビーグッズの写真に癒《いや》されて、前向きでいられた。

不思議なもので、あれほど精神的に不安定になっていたというのに、覚悟を決めてからは平穏を取り戻せている。

悠斗さんからたまに連絡が入るが、こちらからはなにも返してはいない。【連絡がほしい】と来ても、本当に話したかったときに応えてくれなかったのは彼の方だと、無言でやり過ごした。

私とは違う道を進みはじめた彼と、今さら顔を合わせてなにになるというのだろう。今後のためにきっぱりと別れを突きつけるつもりでいるのか、それとも交際そのものを口止めしたいのか。どちらにしろ、彼の都合に応じる気はない。

いつまでもあの人の言葉に惑わされたくないから、ここを離れるタイミングで彼の着信を拒否するのがいいだろう。

そうして、悠斗さんにつながるものすべてを断ち切って、新しい土地でスタートを切りたい。

職場では悠斗さんと鉢合わせしないように、細心の注意を払っている。一度、フライトへ向かう姿を見かけたが、幸いお客様の陰に隠れていたため気づかれなかった。彼の表情が疲れて見えたけれど、そんなことで心を揺さぶられてはだめだと、気にしないようする。

いよいよ最後の勤務となり、感慨深い気持ちでブリーフィングに参加した。

この日、初めて私の退職が知らされて、同僚らは一様に驚いていた。ただ、それなりに入れ替わりのある職場だから、一社員の存在などすぐに忘れていくのだろう。

悠斗さんに別れを告げるとしたら、最終日の今日だと決めていた。

彼はたしか、夕方の便で帰ってくるはずだ。仕事上がりに少し待ってみようと思う。これで会えなければもうそれまでの縁だったのだと、後からお別れのメッセージを送って区切りにすればいい。

お世話になった方々に挨拶をして、職場を後にする。そのまま悠斗さんが出てくるだろう場所付近で、しばらく時間を潰した。

際限なくずるずると居続けてしまわないよう、待つのは一時間だけと決めている。対面したら、心無い言葉をぶつけてしまうかもしれない。でも、それも仕方がないだろう。できればよい印象で終わりにしたいが、そこは相手の出方次第だ。

焦りなのか不安なのか、よくわからない感情に支配されながら、頻繁にスマホで時刻を確認する。その合間に、気を紛らせようと行き交う人を眺め続けた。

「悠斗さん、会いたかった！」

前もこうだったと、聞こえてきた声に泣きたくなってくる。それをなんとかこらえて、声がした方を見た。

思った通り、あのとき悠斗さんに駆け寄っていった女性がいた。彼女が今まさに腕を絡ませたのは、一応まだ別れていない私の恋人だ。

そんなふたりを見つめているうちに、心がすっと冷めていく。

彼の腕を引き寄せながら、彼女がぷうっと頬を膨らませた。それに対して悠斗さんは、少し困ったような顔で対応している。決して強い拒絶は示しておらず、婚約者のかわいいワガママにどうやって応えようかと思案しているようにも見えた。

職場でこんな振る舞いを見せるのだから、彼女との結婚の話は順調に進んでいるのだろう。

ふたりはさらに言葉を交わし、ようやく彼女の腕を解いた悠斗さんがこちらに向かって歩きはじめた。

私にかなり近づいたところで、彼が不意に視線を上げる。

「陽和？」

私の姿を捉えた悠斗さんは、急ぎ足で距離を詰めて、少し手前で歩みを止めた。

彼女とのやりとりを見られていたと察しているのか、複雑な表情をした彼を冷静に見つめ返す。そこに気まずさがあるのかは、よくわからない。

後を追ってきた彼女が、こちらを不審そうに見てくる。

「やっと会えた」

ほっとしたように、悠斗さんが表情を緩める。

「そうですね」

感情のこもらない硬い口調で返すと、不思議そうな顔をされる。

彼の柔らかな口調と表情になにかを感じ取ったらしい彼女が、訝《いぶか》しげに私を睨《にら》みつける。それを視線だけ動かして捉えた後に、再び悠斗さんへ向き直った。

「陽和、話したいことが……」

「悠斗さん、私と別れてください」

「陽和？」

それほど意外だっただろうか？

唖然《あぜん》とする彼を、努めて表情を変えないまま正面から見据える。

「あなたのなにを信じていいのか……」

意図的にゆっくりと顔を動かして、並んで立つ彼女を一瞥《いちべつ》する。声が震えてしまわないように、必死で強気な自分を演じた。

「私には、わからなくなってしまいました」

「ちょっと、悠斗さん。誰よ、この人」

「君島さんは黙ってくれないか。関係ないからどいてくれ」

やはり彼女が、見合い相手の君島さんだったのかと納得する。

こんな状況にもかかわらず、どんどん心が凪《な》いでいく。どうやら彼は、この女性を私に紹介してくれる気はないらしい。

悠斗さんは不機嫌さを隠そうともしないで、腕を絡ませようとまとわりつく君島さんを振り払ってみせたが、今さらそうされても修羅場を穏便に切り抜けるための演技にしか見えない。会社の上に立つ側の人間として、社内で変な噂を広めるわけにはいかずそう取り繕っているのだろうが、私にはもう関係ない。

「本当の名前も立場も、それから見合いの話も、私にはなにも教えてくれなかった。信用できない人とは、もう一緒にいられません」

「陽和！」

さらに一歩近づかれる気配を察して、無意識に後ずさる。そんな私に、悠斗さんは傷ついた表情になった。

傷つけられたのは、私の方だ。

「さようなら」

呆然と立ち尽くす彼に、背を向けて颯爽《さっそう》と歩きだした。

今日までがんばった自分を、この後はとことん甘やかすと決めた私の足取りは、いつもより軽快に見えているはず。

彼が追いかけてくるなんて、期待しない。

外に出ると、ここ数日降り続いていた雨はすっかり上がっており、雲の切れ目から晴れ間が覗いている。久しぶりの明るさにつられて見上げたところ、遠くの空にくっきりと虹の橋が架かっているのを見つけた。なんだか幸先のよいリスタートが切れそうで、わずかに気分が浮上する。

借りていた部屋はすでに引き払ってあり、二日前からホテルに滞在している。明日の便で高松空港へ飛んで、叔母のもとへ行く予定だ。

自分を労わろうと、宿泊先まではタクシーで向かう。

到着したらまず、ホテル内のカフェで話題のスイーツを食べよう。夕飯も、今日くらい豪華な食事にしようか。

そんな楽しい想像をしているというのに、タクシーの後部座先に座った私の頬には涙がひと筋伝っていた。

思い出に蓋をして

「三島さん」

初めて楠木さんに声をかけられたのは、グランドスタッフとして勤務しはじめて、半年ほどが経った頃だ。

帰宅するために駅に向かう途中、困っている女性を助けようとしていたところで、突然名前を呼ばれて足を止めた。

「道案内かな？　さっき、そちらの方を助けるところを見かけて」

彼は少しばかり強引に、それでも至って紳士的な態度で、私と一緒に女性に手を貸した。

それをきっかけに、職場で顔を合わせれば声をかけ合う仲になっていく。

はじめこそ、雲の上のような存在の彼に気後れしていたが、気さくな雰囲気に徐々に緊張は薄れていった。

そんなある日、帰り途中に再び彼から呼び止められた。

いつもより若干ぎこちない様子に、どうしたのかと首を傾《かし》げる。そうしているうちに一歩近づかれ、唐突に告白された。

「俺と付き合ってくれないか？」

なにを言われたのかと呆《ほう》けたのは一瞬で、彼の真剣な表情に、事態を理解する。途端に頬が熱くなり、焦って視線を辺りに彷徨《さまよ》わせた。

「ごめんなさい」

その結果飛び出したのは、なんとも情けない声音のお断りの言葉だ。

素敵な男性だとは思うが、これほど人気のある人と付き合うなんて、私には無理だ。

言い切ると同時に逃げ出した私を、幸いにも彼は追いかけてこなかった。

それからしばらくの間はなんの接触もなく、あれはいったいなんだったのかと首をひねった。

時間の経過と共に、声をかけられた衝撃は次第に薄れていく。気まずさから私が警戒して行動していたのもあり、彼と出くわす機会は一度もなかった。

十日ほど経って、きっと夢だったのだろうと思いはじめた頃、前触れもなく再び彼と遭遇した。

「先日は驚かせてしまって、申し訳なかった。少し話がしたいんだ。時間は大丈夫？」

どうやら、私の仕事上がりを待ち伏せしていたらしい。前回の唐突な声かけを謝罪しつつ、新たに誘われてしまう。

それに対して条件反射でうなずいてしまったのは、交際をお断りした罪悪感があったからかもしれない。同意した途端に向けられた、嬉しそうな笑みがあまりにも魅力的で、ドキリと胸が跳ねた。

彼に続いて、商業エリアの少し奥まったところにある、人目につきにくいカフェに入る。案内された席に向かい合わせに座ったのはいいけれど、緊張で顔を上げられないでいた。

なんだか居心地が悪くて、胸の高鳴りをごまかすように目の前に置かれたカップに手を伸ばす。私がそれを戻すのを待って、彼が話をはじめた。

「あらためて、先日はぶしつけなことを言って、申し訳なかった」

いつもきりりとした表情で隙のない彼が、眉を下げる姿は意外だ。その様子に、私の中で張り詰めていた緊張がわずかに緩む。

「いえ」

「以前から、三島さんは仕事に対して誠実で、しっかりした子だなと感心していたんだ。対応する客に合わせて、行き先の情報なんかのちょっとしたひと言で相手を和ませているって話も、同僚から聞いたよ」

パイロットの間で自分の話題が出ているとは知らず、恥ずかしさに頬が熱くなる。

「そんな気配りまでするほど、グランドスタッフの仕事が好きなんだな」

「はい。学生の頃からの夢で、ずっと憧れていたんです。だから、一生の仕事にできたらいいなって思っています」

言い切った直後に、つい熱が入って前のめりになっていた自分に気づいて、慌てて身を引いた。正面から聞こえる、楠木さんの小さな笑い声にいたたまれなくなる。

「その話を聞いて以来、なんとなく三島さんが気になって、目で追うようになった。ほら、前に困っていた女性を手助けしただろ？　後から俺も声をかけて、一緒に案内した」

もちろん覚えていると、首を縦に振る。

「君のことを、もっとよく知りたかった。そのために声をかけたって言ったら、気を悪くするかな」

まさか、そんな意図があるとは思いもよらず、驚きに目を瞬かせる。

「いえ。そんなことは……」

それが好意によるものなら、不快にはまったく感じない。ただ気恥ずかしいだけだ。

「よかった。あれ以来、三島さんと言葉を交わす機会が増えて、君の優しさにますます惹かれた。親しくなれたのが嬉しくて、ずいぶん浮かれてしまっていたようだ。先日は、唐突にすまなかった。困らせてしまったよな」

私を困らせたという彼の予想は間違っておらず、どうとでも取れるような曖昧な表情を浮かべる。

「いきなり付き合ってくれと言われても、迷惑かな」

視線をわずかに逸《そ》らして、肯定するようにコクコクと首を縦に振る。

「ただ、三島さんが好きだという、俺の気持ちは知っておいてほしい。そのうえで、三島さんには俺についても知ってもらいたいんだ。できれば、好きになってもらえると嬉しい」

チラッと顔を向けた私に、彼はニコリと微笑み返してくる。ひえっと心の中で声をあげて、慌てて手もとに視線を落とした。

こんな素敵な人が、私を好きになるなんて信じられない。もしかして、からかわれているのだろうかと考えてみたけれど、そんなふうには見えなかった。そもそも、そうする理由がない。

本当なのかともう一度彼を盗み見ると、変わらず穏やかな笑み浮かべていた。

「あの」

勇気を振りしぼって声をかける。

「ん？」

「楠木さんとは、その、知り合いだと思っています。でも私、あなたについては名前くらいしか知らなくて」

「そうだろうね」

「だから、その、友達、からでしたら……」

面と向かって断るのはなんだか気まずくて、かといってそこまでよく知りもしない相手と付き合えるわけもない。ただ、こうして声をかけてくれたのは本当に嬉しいし、彼の好意を無下にするのは心苦しい。

そんな考えから、思わず妥協案を口にしてしまった。が、今どきの高校生でも恋愛に関してはもっと進んでいて、こんな局面もうまく立ち回れるだろう。不慣れな自分が情けなくなる。

「ありがとう……はあ。完全に拒否されなくてよかった」

脱力して、背もたれに体を預ける彼を凝視する。

私より年上で、ずいぶん落ち着いた雰囲気の人だけど、それほど緊張していたのかと驚きが隠せない。

そんな様子に、この告白は本当なのだと確信して、ますます恥ずかしくなった。

「ですが、できれば社内の人には気づかれたくないというか」

怪訝《けげん》な顔になる彼に、理由を付け加える。

「あなたは女性からすごく人気があって、それで、あの……」

私の言葉を聞いて斜め上に視線を向けた彼だったが、こちらに向き直ったときには気まずげな表情になっていた。

「自惚《うぬぼ》れるつもりはないが、たしかに、三島さんが嫌な思いをするのは本意じゃない」

女性社員から敵対視されかねないという私の懸念は、正確に伝わったのだろう。

「わかった。そこは守るよ」

ほっと胸をなでおろして、再びカップに口をつける。

「お互いに勤務が不規則でなかなか会えないから、連絡先を教えてくれないか？」

それくらいはかまわないと、いそいそとスマホを取り出した。

「一方的になってしまうかもしれないが、必ず連絡する。気が向いたときに返してくれると嬉しい」

その後、自宅まで車で送るという彼の申し出をなんとか断り、ようやく解放された。

ほっとしたのも束の間、帰宅したら早速、一通目のメッセージが送られてきた。

【今日はありがとう。まずは友人として、仲良くしてほしい】

文字にするとなんだか微笑ましく見えて、自然と口もとが綻《ほころ》ぶ。

けれど、異性との友人付き合いがどんなものなのか、深く考えないまま安堵していた自分は甘かったのだと悟るまでに、そう時間はかからなかった。

その数日後に送られてきたのは、【今日は、久しぶりに三島さんの働く姿を見られて、幸せな気分になれた】というメッセージ。

カウンター業務に就いていた際に、彼とたまたま目が合ったのは覚えている。軽く目礼をすると、向こうも同じように返してくれたのがなんだかくすぐったかった。

その後、一瞬逸らした視線が再び合った瞬間に、小さく微笑まれてドキリとしたのは、彼に伝わってしまっただろうか。

そんな些細な出来事で〝幸せな気分になれた〟とまで言われるなんて、どう受け止めていいのかわからない。

それからしばらくして、さらに踏み込んだ内容が送られてきた。

【近いうちに、食事に行かないか?】

仕事上がりに気づいたメッセージに動揺して、どうしたものかと頭を悩ませる。

男の人とふたりきりなんて、これまで交際経験のなかった私にはハードルが高すぎる。しかも、相手は誰もが憧れる楠木さんだ。最初から最後まで緊張し通すのは間違いない。それどころか、約束なんかしたら数日前から落ち着かなくなりそうだ。

「む、無理……」

相手を嫌な気持ちにさせないで誘いを断るスキルなど、持ち合わせていない。すぐに返す文面が思い浮かばず、とりあえず駅に向けて歩きだす。

その途中で、偶然にも彼と鉢合わせてしまった。

「今帰るところ？」

「え、ええ。そうです」

「この後、時間が大丈夫ならお茶に誘ってもいいかな？」

おそらく、ここで声をかけるために待っていたのだろう。

面と向かって断るのは悪い気がして誘いに応じると、そのまま駐車場まで連れていかれた。

傷どころか汚れひとつついていない、黒い車を呆然と見つめる。正面に輝いているエンブレムは、間違いなく高級車のものだ。

「さあ乗って」

助手席のドアを開け、背中にそっと手を添えられる。

なんとか乗り込んだのはいいけれど、緊張ですっかり固まった私は、言葉ひとつ発せられない状態になっていた。

「もっとリラックスしてほしいというのは、まだ難しいお願いかな?」

運転席に座った彼が、小さく笑いながら尋ねる。

「いえ。その……はい」

しどろもどろの返しに、呆《あき》れられてしまったかと怖くなった。

「なんか、仕事中の三島さんの様子からすると意外だな」

ぎこちない対応しかできていないのは事実だが、決して嫌われようと考えているわけではない。私にだって、相手によく思われたいという願望くらいはある。

「ごめんなさい」

「謝る必要はないよ」

私の様子に、楠木さんがにわかに慌てる。

「いつも思っていたんだ。仕事中は堂々と対処しているのに、帰りがけに見かける姿はまったく雰囲気が変わるって。あっ、もちろん、マイナスな意味ではないから」

そんなところまで見られていたのかと思うと、恥ずかしすぎる。体を縮こませて、ひたすら足もとを見続けた。

「すまない。変な意味じゃないんだ。その……そういうギャップが、君から目が離せなくなった理由のひとつだったというか」

隣に座る彼をそっとうかがうと、視線は正面に向けたまま、片手で口もとを押さえていた。耳がわずかに赤くなっているのは、もしかして照れているからだろうか。

普段は堂々として見える彼が、これほど動揺する姿は珍しい。運転中でよそ見ができないのをいいことに、隣をじっと見つめた。

「とにかく、そういう面も含めて、俺は三島さんを好きになったんだ」

閉鎖された狭い空間での告白に、逃げ場もなく、ますます身を縮こませたのは言うまでもない。

しばらくの間、彼の振ってくる話に「はい」と「いいえ」くらいの簡単な返ししかできなくなった。

「ほら、着いたよ」

連れていかれたのは気軽に入れる雰囲気の洋食屋で、お昼時を過ぎた今はカフェとして営業しているようだ。

彼に勧められるまま、コーヒーとケーキをオーダーした。

「——休みの日は、体力作りにジョギングをしているかな。どちらかというと、家でゆっくりしていたいから、積極的には外へ出ない。三島さんは休日なにをしてるの？」

気取らない彼の雰囲気に、少しずつ緊張が解けていく。

「私も、基本的にはインドア派です。仕事の日には手が回らなくて、後回しになっていた家事をして、買い出しくらいには出ますけど」

自分を知ってほしいと話していた通り、楠木さんは彼自身の話を聞かせてくれた。同時に、私からもどんどん話を引き出していく。

「陽和って、呼んでいいかな？」

そんな提案も、なにげない会話の合間に挟まれたら迷うのは一瞬だった。

「お好きなように」

「俺のことも、名前で呼んでくれたら嬉しいかな」

さすがにそれは勇気がいる。

「友人として、親しみやすさも増すかと思って」

柔らかく微笑まれて、落ち着いていた鼓動が再び騒ぎだす。少しだけがんばってみようかと、気持ちが傾いた。

同僚らは彼について、誠実で真面目な人だとよく話している。仕事に対してストイックでもあるらしい。

しつこく言い寄ったり、ましてフライト先や仕事中に色目を使ったりする女性に対しては、かなり冷淡に断るのも有名な話だ。それは当然かもしれないが、そういう一貫した姿から難攻不落の堅物だとも言われている。

そんな彼にこれほどまで無防備に微笑みかけられたら、無条件で同意したくなる。

「努力、します」

「ありがとう」

それからも、何度か食事や映画に一緒に出かけた。

最初はメッセージの中でだけ〝悠斗さん〟呼びをしたが、顔を合わせる機会が増えていけば、名前を呼ばざるを得ない場面が必然的に出てくる。

そうして三カ月ほど経った頃には、ようやく自然に呼べるようになっていた。

仕事熱心で話もおもしろく、なにより優しい悠斗さんが男性として気になる存在になるまでに、それほど時間はかからなかった。

そんな私の心情を見透かすように、彼から送られてくるメッセージが変化していく。

【今日は沖縄《おきなわ》に来ている。美味しい店を見つけたから、いつか一緒に行こう】

日帰りで行くには遠い地への誘いは、果たして友人の域だと言えるだろうか。

一瞬そう悩んだものの、彼と一緒に遠出をするのは決して嫌ではない。もちろん、宿泊を伴うという部分を考えなければだ。

さらにしばらくして、【いつか、陽和と一緒に見たい】というメッセージと共に送られてきたのは、パリの朝焼けの写真だった。

これはもう、絶対に異性の友人と行く旅行ではない。彼が私を好きでいてくれるのを知っているからこそ、なんと返してよいのかわからなくなる。

そんなある日、悠斗さんに対する曖昧な好意が明確なものになる出来事に遭遇した。

勤務中に、フライトへと向かうクルーに気がついた。先頭を行くベテラン機長に悠斗さんが続き、その後ろをＣＡらが颯爽と歩いていく。

そこへ、横から勢いよく駆けてきた幼い男の子が、悠斗さんにぶつかって転んでしまった。

ほかのメンバーへ先に行くように促しながら、彼はその場に膝をついて優しく男の子を起こしてあげた。頭をなでながら、泣かなかったことを褒めてあげると、さっと抱き上げて周囲を見回す。どうやら迷子になっていたようで、保護者が見当たらない。やむを得ずその子を引き受けたのは、ちょうど居合わせた私だ。

「転んでも泣かなかったと、必ず伝えてあげてほしい」

身を屈《かが》めて男の子と視線を合わせた悠斗さんが、彼の頭をひとなでする。

「お姉さんに任せておけば、すぐに見つけてくれるからな」

それからほどなくして、無事に母親を見つけてくれた。

よかったと安堵した直後、母親が息子の勝手な行動を叱ろうとする雰囲気を察して、慌てて悠斗さんの言葉を伝える。

「きっと心細かったと思います。転んでしまったのに、泣くのを我慢してがんばったのよね」

目に涙を浮かべながらコクリとうなずいた息子に、母親もなにか察したのだろう。険しかった表情はようやく緩み、無事に見つかってよかったと、手をつないで笑顔でその場を後にした。

幼い男の子の中では、空港で迷子になって叱られた記憶ではなく、きっと泣くのを我慢して褒められた思い出として残るはず。

おそらく悠斗さんは、このような状況になるのを見越していたのだろう。その配慮に、胸が温かくなった。

優しい気遣いのできる悠斗さんが好きだと、これを機に自分の想いが鮮明になっていく。

彼とはそれから、クリスマスに一緒にイルミネーションを見に出かけたし、年明けには初詣にも行った。

一緒に過ごす時間が増えて、距離が近づくほどますます彼を好きになっていく。

どうにかしてそれを伝えたいのに、それほど頻繁に会えるわけでもなく、チャンスが見つからない。

臆病な私は、いっそのことメッセージで告白しようとしたけれど、正面から向き合ってくれる彼に対して、さすがにそれは失礼だと思いとどまった。

つらつらと悩んでいた頃、彼の方から休日を合わせてドライブに出かけようと誘いを受けた。

迎えに来てくれた悠斗さんは、黒いズボンに白のシャツを合わせ、ラフなジャケットを羽織っただけというシンプルな服装なのに、とにかくカッコよくて目を奪われた。

自分の中ではとっておきだと思っていた、赤いチェックのワンピースは、彼の隣に立つのにふさわしかっただろうかと不安になる。

「陽和、よく似合っていてかわいいよ。さあ乗って」

名前で呼ばれるのに慣れたとはいえ、褒め言葉は別だ。照れくささをごまかすように、急いで助手席に乗り込んだ。

途中でランチをしながら、二時間近くかけてやってきた海辺を散策する。

三月に入ったばかりで、吹き抜ける風はまだわずかにひんやりとしている。けれど、日差しは春を感じさせる暖かさがあり、絶好の散歩日和だった。

砂に足を取られた私の腕を、隣を歩く悠斗さんがとっさに掴《つか》んで支えてくれる。そのまま自然の流れで手をつながれて、気恥ずかしさから彼の方を見られなくなった。

でも、嫌じゃない。

そのうち、互いの指を絡ませるようにしてつなぎ直された。私はそれに、あえてなにも言わない。

少し歩いた後に、岩場にふたり並んで腰を下ろす。時折思いついたように言葉を交わしながら、ぼんやりと海を眺めている時間は、少しも退屈に感じない。

近くに人影はなく、波の打ち寄せる音とウミネコの鳴き声だけが響いてくる。

時間がゆっくりと過ぎていくのが心地よくて、目を閉じていると、不意に悠斗さんが岩に置いていた私の手に自身の手を重ねてきた。

胸の高鳴りを悟られまいと平静を装いながら、隣に座る彼へそっと顔を向ける。

悠斗さんは、いつからこちらを見ていたのだろうか。視線が絡まり、恥ずかしさを感じるのになぜか逸らせなくなる。

「陽和」

低く落ち着いた、彼の声が好き。名前を呼ばれるたびに、胸が温かくなる。

「君のことが好きなんだ。俺と付き合ってくれないか」

前触れもなく再び告げられた告白に、迷う余地はなかった。

「はい」

笑みを浮かべた悠斗さんに肩を引き寄せられて、彼の腕の中に包み込まれる。

「ありがとう」

髪に口づけられるのを感じながら、自身の腕を彼の背に回す。それが意外だったのか、ピクリと体を揺らした悠斗さんは、私を抱き込む腕にさらに力を込めた。

「私も、その、悠斗さんが、好きです」

顔が見えない状況はありがたく、勇気を振りしぼって伝える。これが、今の私の精いっぱいだ。

その一拍後に、感慨深げに「はあ」とひと息ついた悠斗さんは、体を離してあらためて正面から私を見つめる。

ゆっくりと近づく彼に合わせてそっと瞼を閉じた直後、ふたりの唇が重なった。

痛いほど打ちつけてくる鼓動に、現実に起きていることなのだと嫌でも意識させられる。どうにも心許なくて、彼のシャツをぐっと握った。

ようやく顔を離された頃には、恥ずかしくて顔を上げられなかった。


正式に付き合うようになって以来、悠斗さんからの連絡はますます頻繁になっていく。一緒に過ごす時間も格段に増え、帰宅時間が合えば食事をしたり、休みが重なった日は話題のスポットに連れ出したりしてくれた。

付き合って五カ月ほどが経った真夏の頃に、私の誕生日を祝いたいと悠斗さんが誘ってくれた。

「この日は、ずっと俺と一緒に過ごしてほしい」

彼からのその誘いがなにを指しているのかは、経験のない私でもすぐに理解できた。

大人な彼にしたら、ずいぶんゆっくりと進む関係をもどかしく感じていたのかもしれない。それでも悠斗さんは、なにもかもが初めての私のペースに合わせてくれた。

彼からの誘いに、頬は瞬時に真っ赤になっていただろう。拒否する気持ちは微塵もなく、請われるまま、誕生日の前日と併せて二日間の有給を取った。

当日、昼過ぎに私を迎えに来た悠斗さんは、「まずは陽和を俺の思うように着飾らせたい」と、デパートに車を走らせた。

連れていかれていたのはハイブランドのお店で、いつも自分が購入するものと比べてゼロがひとつ多い価格設定に、恐怖で足が震えた。

彼の方は堂々としたもので、店員と意見を交わしながら、あれこれと服をピックアップしていく。

その手慣れた様子に、心がざわつく。こんな素敵な店を知っているのは過去に付き合った女性の影響かと、自身の内にわき出る黒い感情に戸惑った。

私の様子がおかしいと気づいた悠斗さんが、「どうした?」と顔を覗く。

「……どれも素敵すぎて、気後れして」

「疲れてしまったかな? すまない。少し休憩させてほしい」

店員らにそう告げると、すぐさまふたりきりにさせられる。

「それで、陽和。なにを考え込んでいたんだ?」

どうやら、さっきの言葉が嘘だと見抜かれていたようだ。じっと見つめる彼の視線に耐えかねて、うつむいてぽつりと本音をこぼす。

「どうして悠斗さんが、女性もののブランドに詳しいのかなあって」

彼からの反応は、なにもない。不安になってチラリと見上げると、悠斗さんは片手で口もとを覆い、視線を泳がせていた。

「陽和に嫉妬してもらえるなんて、光栄だ」

「嫉妬……」

指摘されて、あらためて自身の感情が鮮明になる。

「でも、疑われるのは心外だな。ここは、兄の奥さんに聞いたんだ。俺たち兄弟と幼い頃から付き合いのある、気の知れた人なんだ」

教えてくれた事実にほっとして、肩の力が抜けた。

「俺は陽和以外、なにもいらない」

彼はさらに、そんな熱烈な言葉もくれた。

悠斗さんの選んだ紫の上品なワンピースドレスに、シャンパンゴールドのレースのショールを羽織る。服装に合わせて、自分ではできない大人っぽいメイクを施されると、まるで魔法にかけられたように自然と背筋が伸びた。

意識の切り替えをしなくても堂々としていられるのは、彼が選んだ衣装に身を包んでいるからかもしれない。

すべての用意が整い、そわそわしながら試着室を出た。

「ああ、陽和。綺麗だ。よく似合っているよ」

一瞬驚いた表情をした彼は、嬉しそうな笑みを浮かべて私を称賛する。

「普段の服装もかわいいけれど、こういう雰囲気もいいな」

いつの間にか悠斗さんも、光沢のあるブラックのスーツに着替えていた。ネクタイとポケットチーフは、私の服に合わせて紫色だ。

「ゆ、悠斗さんも、素敵です」

あまりのカッコよさに思わず敬語になった私を、彼はくすりと笑った。

それからさらに靴まで用意されて腰が引けてしまったが、彼の喜ぶ顔を見るのが嬉しくて、素直に受け入れた。

「じゃあ、行こうか」

再び車に乗せられて、ドキドキしながら窓の外を見つめる。

しばらくして見覚えのある光景に気づき、もしかしてと隣を見た。

「ここ、あのときの……」

「そう。陽和が初めて、俺を好きだと言ってくれた海岸だよ」

その場面を思い出して、わずかに顔が上気する。

駐車場で車を降りて辺りを見回している間に、悠斗さんが近づいてくる。ふたり並んで手をつなぎながら、水平線に西日が沈む様子を眺めた。

「陽和」

身を屈めて耳もとでしゃべるのは反則だ。彼の吐息に、背中がぞくぞくしてくる。

「愛してる」

横から抱きしめられ、ドキドキしながら彼の腕に自身の手を添えた。

「わ、私も、愛して、います」

そのまましばらく過ごし、辺りが薄暗くなってきたところで、悠斗さんはようやく体を離した。

「そろそろ、行こうか」

再び車に乗せられて向かったのは、海岸沿いの高級リゾートホテルだった。

煌《きら》びやかなライトの下を、悠斗さんに手をつながれながら進む。私にとっては場違いなラグジュアリーな空間も、悠斗さんには本当によく似合ってしまう。

少しでも彼にふさわしくありたくて、うつむかないように自身を叱咤した。

あらかじめ予約しておいてくれたレストランでは、新鮮な海の幸をたくさんいただいた。

この後のことを考えさせないようにしているのか、悠斗さんが合間で気軽な話題を振ってくれたから、それなりに落ち着いてはいたと思う。

「誕生日、おめでとう」

最後に出されたデザートを食べ終えた頃、彼が長方形の箱を取り出した。

「こんな素敵な服を贈ってもらったのに、これ以上？」

「普段使いできるものも贈りたくて」

戸惑いがちに受け取って、蓋《ふた》を開ける。

「素敵……」

箱の中身は、想像した通りネックレスだった。

シルバーのチェーンのトップにはダイヤが輝いており、素敵なデザインに感嘆の声をあげる。シンプルなのに気品があり、ひと目で気に入った。

「いつでも、俺を感じていてほしい」

毎日身につけていてという、彼からのメッセージに頬が熱くなる。

仕事柄、身だしなみの規定はそれなりに厳しい。始業前のブリーフィングで、爪や髪などのチェックが毎回入るほどだ。アクセサリーも華美なものは禁止されるが、このデザインなら問題ないはず。

「ありがとう」

「早速つけてあげるよ」

ネックレスを手にした悠斗さんが、私の背後に回る。

邪魔にならないように自ら髪をかき上げたのはよかったけれど、これは相当恥ずかしい状況だと気づいてしまう。

背中の大胆なカットを隠してくれていたショールは着席前に外してしまったから、素肌が無防備に晒される。

彼の指が私の首もとを掠《かす》めた瞬間、漏れそうになった声を必死にこらえた。

私の反応に気づいていないのか、席に戻った悠斗さんは「よく似合っている」と穏やかな笑みを浮かべた。なんとかお礼を伝えた私の瞳は、羞恥《しゅうち》で潤んでいたかもしれない。

「上に、部屋を取ってある」

わかっていたとはいえ、彼の口からはっきり言われると、これまで以上に胸がドキドキしてくる。

「行こうか」

差し出された彼の手に添えた手は、わずかに震えていた。悠斗さんはまるで私を安心させるかのように、頼りなさげな手をぐっと握り込んでくれる。

エレベーターを降りて、目的の扉の前で足を止めた。

今夜私は、ここで彼に初めてを捧げる。怖くないと言ったら嘘になるけれど、心から好きになった悠斗さんに、もっと近づきたいのも本音だ。だから、決して逃げはしない。

「どうぞ」と促されて、室内に足を踏み入れる。

うつむいていた私の視界にまず入ってきたのは、重厚感のあるグレーの絨毯《じゅうたん》だった。そこからゆっくりと視線を上げていく。

入ってすぐはリビングで、一面ガラス張りになっていた。目の前には、夜の海が広がっている。遠くに見えるライトアップした橋や都会の灯りが、暗い海を仄かに照らす様はどこか幻想的だった。

私は、魅せられたようにふらふらと窓辺に近づく。悠斗さんも、私に付き従うようにして背後に立った。

外の景色に向けられていたはずの視線は、いつからかガラスに映る悠斗さんを見つめていた。それに気づいた彼と、窓越しに目が合う。

一層笑みを深めた悠斗さんが、背後からそっと私を抱きしめた。そのまま首筋に顔をうずめられ、直《じか》に感じる彼の熱に小さく肩が揺れる。

「陽和」

色気にあふれる掠れた声に、体がぞくぞくしてくる。急激に高まる緊張に足もとがおぼつかなくなり、体に回された彼の腕を縋るように掴んだ。

抱きしめていた腕を緩めた悠斗さんは、私の体をくるりと反転させた。そのまま顎に手を添えて私を上向きにさせて、そっと口づけてくる。パサリと落ちたショールは、気にも留めなかった。

一度離された唇は、角度を変えて何度も繰り返し重なる。同時に彼の手が、体の強張りを解すように剥き出しの背中を往復していく。

「ん……はぁ……」

息苦しさに閉じていた唇をわずかに開けると、すぐに彼の舌が侵入してきた。拙《つたな》い動きで、それに必死に応える。

不慣れな私が相手で、悠斗さんを満足させられるだろうかという不安は、与えられる快感に呑み込まれて悩む余裕がなくなる。

すっかり力の抜けきった体を、悠斗さんが軽々と抱き上げて隣室へ移動した。そのまま扉を抜けた先に現れた大きなベッドに、そっと下ろされる。

再開した口づけに翻弄されて、今いる場所がどこなのかすらわからなくなっていく。

背中に回された手が、ドレスのファスナーをそっと下ろした。彼の選んだ服はいとも簡単に脱がされて、下着姿でベッドに横たえられる。

額にふんわりとしたキスをした悠斗さんは、自身もネクタイを引き抜き、ジャケットを脱いでソファーへ放った。

シャツのボタンを数個はずしながら私に覆いかぶさり、瞼や鼻に口づけを落としていく。頬に添えられていた彼の手は、その後、私の体の輪郭《りんかく》をなぞりはじめた。

経験のない私ではどうしていればいいのかわからず、ひたすら目を閉じてシーツを握りしめるしかできない。

耳朶《みみたぶ》を食《は》まれ、ぐっと肩を縮こませる。そんな私の反応を楽しむように、悠斗さんがくすりと小さな笑いをこぼした。

彼の唇が頬を擦り、首もとへ向かう。肌をくすぐる彼の吐息に煽《あお》られて、ふるりと体が震えた。

唯一身につけていた下着もついに取り払われ、羞恥に唇を噛《か》みしめる。

「綺麗だ」

一向に触れられないのが不思議で、恥ずかしさをこらえて少しだけ目を開いて、すぐさま後悔した。欲を孕《はら》んだ熱い視線が、なにひとつ身につけていない私を見つめている。その事実に耐えきれず、体を捩《よじ》らせる。けれど、軽く押さえられているせいでうまくいかない。

「あっ……」

熱い手が、胸に直に触れる。こらえきれずに漏れた声に、慌てて口もとを覆った。

「声、聞かせて」

やんわりと腕を掴まれ、頭の上で拘束されてしまう。彼の前で無防備に身を晒している状況に、じわりと涙が滲む。

「陽和」

まるで大丈夫だと言うように、優しく目じりに口づけられる。

ゆっくりと丁寧に触れていく彼の手の温もりと、それによってもたらされる快感に、体の力が少しずつ抜けていった。

「あぁ……」

彼の唇が胸の頂に触れ、たまらず大きな声をあげた。

「陽和、かわいい」

私の頬に口づけた悠斗さんが、そっと体を起こした。どうしたのかと瞼を開けると、雑な手つきでシャツを脱ぎ捨てている。

体力維持のためにジョギングをしていると話していた通り、引き締まった裸身はとても魅力的だ。乱れた前髪を乱雑にかき上げるそのしぐさですら色気にあふれており、興奮を煽られる。

男女の付き合いなど、なにも知らない私とは大違いだ。

そんなふうに思い込んで悲しくなってしまうのは、私が相当彼に溺れているせいかもしれない。

早く戻ってきてほしいと、思わず腕を伸ばした。

それに応えた悠斗さんは、指と指とを絡ませ合うようにして手を握りながら、再び深く口づけてくれる。同時に、もう片方の手が優しく胸に添えられた。

「ん……はぁ……」

触れられているうちに、下腹部の奥がぞわぞわとしてくる。無意識に体が揺れると、まだ触れていなかった足の付け根へと手が伸びていった。

体が強張るたびに、情熱的に口づけられる。舌を絡め合うのはとにかく気持ちがよくて、それに没頭しているうちに、彼の手は誰にも触れさせたことのない奥へと侵入した。

静かな寝室には淫《みだ》らな水音が響き、その卑猥《ひわい》さが私の理性を溶かしていく。初めて与えられる快感に、もうなにも考えられそうにない。

時間をかけて何度も高みに追いやられてぐったりしている私の頬を、悠斗さんがひとなでした。

「陽和、いいか?」

声を出す余裕などなくて、小さくうなずく。

「っ……」

鋭い痛みに、思わず息を呑む。無意識のうちに、彼の肌に爪を立てていた。

「大丈夫か?」

気遣わしげに私を覗き込みながら、眦《まなじり》からこぼれた涙を唇で優しく吸い取ってくれる。

中断されたくなくて、視線を合わせて必死に首を縦に振った。

一瞬迷いを見せた悠斗さんの瞳の奥には、情欲の色が浮かんでいる。私を求めてくれる彼に応えるように、首に腕を回してぐっと引き寄せた。

再開された行為に安堵しつつ、襲ってくる痛みに必死に耐える。

「はあ」

ずいぶん経った頃、悠斗さんが大きく息を吐き出した。

「大丈夫か、陽和」

額に口づけられ、彼とやっとひとつになれたのだと悟った。

返事の代わりに、コクコクと首を縦に振る。

肌は汗ばみ、強張っていた体が疲労を訴えてくる。けれど、それ以上に大きな幸福感に満たされて、笑みを浮かべた。

心配そうな顔をしていた悠斗さんも、ほっとしたように微笑みかけてくれる。

「しばらく、このままでいよう」

ぎゅっと抱き込まれて、互いの体温を交換し合う。

どこまでも優しく気遣ってくれるのが嬉しくて、彼の背に回した腕に力を込めた。

ほどなくして私がわずかに体を捩ったのを合図に、体を起こした悠斗さんがゆっくりと動きはじめた。

「あっ……あぁ……」

私の様子をうかがいながら、動きが徐々に大胆になっていく。

ひと際大きく声をあげた個所を執拗《しつよう》に攻められて、絶え間なく嬌声《きょうせい》をあげた。

過ぎる快感はときに苦しくて、抗議の視線を向ける。でも、それすらかわいいと目もとに口づけられて、簡単にかわされてしまう。

「陽和、陽和」

なにかに追い詰められるように、悠斗さんが繰り返し私を呼ぶ。

切なげな声音に胸がきゅっと締めつけられて、彼に対する愛しさが際限なくあふれてくる。

たまらず彼に向けて伸ばした手は、すぐさまつながれた。

「ああ……」

快感の波に抗えず、体が大きく痙攣する。

「くっ……」

直後にうめくような声を漏らした悠斗さんは、動きを止めた後にぎゅっと私を抱きしめた。

「陽和、愛してる」

すっかり疲れてしまった私は、彼の温もりに包まれながら意識を手放した。

それ以来、ふたりの仲は親密さを増していった。彼のマンションには何度も泊まったし、そんな日は私が料理を振る舞う機会も少なくない。

互いに不規則な勤務体制もあり、普通のカップルのように頻繁に会えない寂しさはもちろんある。でも、可能な限り時間を合わせて、少しでも長く一緒に過ごそうと歩み寄ってきた。正式に交際をはじめてからの約二年間は本当に幸せで、両親の死も叔母夫婦が近くにいない心細さも、悠斗さんの存在が癒してくれた。

そうした時間の積み重ねが、ますます彼に対する信頼へとつながっていたのに――。

まさかその裏で、ほかの女性との関係を築いていたなんて、考えもしなかった。

私の存在は、欲のはけ口でしかなかったのだろうか？　愛の言葉も将来を予感させる話も、都合のよい女として私をつなぎとめるための方便だったのか。

正直なところ、実際に見聞きするまでは、悠斗さんが裏切っている素振りなんていっさい感じなかった。

パイロットの彼氏が、ステイ先で浮気をした話はたまに耳にするけれど、悠斗さんに限っては微塵も疑ったことがない。

いつから彼の心が私から離れてしまっていたのか、見当もつかない。

もう少し慎重になっていたら、あの人の心変わりに気づけていたのだろうか。

『操縦席よりご案内申し上げます』

物思いにふけっていたところで聞こえてきた機内アナウンスに、ハッとする。

さっき成田《なりた》空港を出発したばかりだと思っていたが、もう十五分ほどで叔母の待つ高松空港に到着するらしい。

「はあ」

無意識に、重いため息が漏れる。

なにひとつ解決しないまま別れてしまって、本当によかったのかと、小さな懸念が今でも頭をよぎる。

けれど、彼の口から見合いや婚約者の話を聞かされてしまったら、もう耐えられなかっただろう。

もしかしたら、泣いて縋ってみっともない姿を晒していたかもしれない。

そんな無様な姿は見せたくなかったから、なにも聞かないまま、悠斗さんだけを悪者にして関係を終わりにしてきた。

一度は描いた、彼と家族になるという望みは、もう永遠に叶わない。

この飛行機を降りるときには気持ちをすっぱり切り替えて、これからについて考えよう。

残りわずかなフライト時間は、空に浮かぶ無数の雲を見つめていた。

青天の霹靂

「久しぶりね、陽和ちゃん」

空港まで迎えに来てくれた叔母夫婦は、笑顔で私を歓迎してくれた。気の許せるふたりとの対面にほっとして、ようやく肩の力を抜く。

「叔母さん、浩二おじさん、お世話になります」

「はいはい。畏《かしこ》まった話は、うちに帰ってからね。それより陽和ちゃん、体調は大丈夫？」

叔母の明るい調子に、自然と口角が上がる。

「うん。問題ないよ」

「荷物は任せて」

当然おじさんも私の妊娠を知っており、唯一手にしていたキャリーバッグをさっと受け取ってくれた。

叔母夫婦の暮らす家は、高松空港から車で二十分ほど行ったところにある。

もともと、おじさんのご両親が暮らしていた日本家屋だ。同居と同時に二世帯住宅に改修していたが、ご両親はすでに他界しており、今は広い家にふたりきりで住んでいる。

「陽和ちゃんがうちに来るのも、ずいぶん久しぶりだね」

玄関を開けて私に入るように促しながら、おじさんが言う。

一歩足を踏み入れると、その家ならではのにおいを感じた。それはどこか懐かしく、私を優しく包み込んでくれるようだ。

「最後に来たのは、たしか一年半前くらいかな」

悠斗さんと交際するようになって、すっかり足が遠のいて……と考えかけて、思考を打ち切った。

「話は、休憩してからの方がいいわね」

私を気遣う叔母を大丈夫だと引き留めて、茶の間で向かい合わせに座る。

これからお世話になるのだから、馴れ親しんだ仲とはいえ、最初にきちんと話しておきたい。

「急に押しかけることになってしまって、ごめんなさい」

本当は、この近くにアパートを借りるつもりだった。それをふたりは、しばらくは稼ぎがなくなるうえに、子どもが生まれればお金がかかるから、ここで暮らせばいいと言ってくれた。

「娘のように思ってきた陽和ちゃんの一大事に頼ってもらえるなんて、僕としても光栄だよ」

お世話になるからには、事前にいくらかの現金を渡そうと思っていたが、あっさりと断られてしまった。それではせめて毎月の家賃くらいはと申し出たものの、私が働きはじめてからでいいと言う。

「本当に、ありがとうございます」

ふたりは反対するかもしれないけれど、出産後はできるだけ早く仕事を見つけるつもりだ。もちろん、自立の目途が立ったらアパートに移る気でいる。

「それで、陽和ちゃん。お相手には……」

言葉尻を濁した叔母に、あえて笑みを見せる。

「なにも、話してないよ。もう連絡も取れないようにスマホも拒否設定にしたから、彼が今どうしているのかも知らないの」

ふたりの心配そうな表情には、無邪気さを装って気づかないふりをした。

「最後に会ったときも、彼はお相手の女性と一緒にいたの。それ以前にもふたりを見かけたけど、ずいぶん親密な様子だったのよ」

「でも、ねぇ」

さらに言葉を重ねようとした叔母を、隣に座ったおじさんが手で制す。

「しばらく時間をおいたら、心境も変化するかもしれない。陽和ちゃんのタイミングがあるんだよ」

「そう、よね。うん、話をするように無理強いしてはだめね」

「あの人のことは、もう忘れる。これからは、お腹の子を第一に考えて、前を向いていきたいの」

叔母は少し寂しそうな顔をしたものの、私の決意を尊重して「そうね」とうなずき返した。

それから、今後の話をした。

この家には、キッチンとバスがそれぞれの階にある。ふたりは普段、二階を中心に生活しており、一階を私に貸してくれた。

「可能な限り、夕飯くらいは一緒に食べましょうね」

叔母の提案が嬉しくて、もちろんだとうなずき返す。

子どものためにと用意してくれた部屋には、すでにいくつかの玩具《おもちゃ》や、かわいらしい取っ手のついたチェストが置かれていた。以前送られてきた写真から想像するに、おそらく中には、すでにいろいろと詰まっているだろう。

私の出産を喜んでくれている人もいるのだと、じわりと涙が滲んだ。

「ありがとう。本当に……ありがとう」

「私たちは、陽和ちゃんが来てくれるのも赤ちゃんの誕生も、すごく楽しみにしているのよ」

「そうだよ、陽和ちゃん。おじさんたちもね、ふたりだけでは退屈なんだ」

おどけた調子で言うおじさんを、叔母が笑いながら「私だけでは不満なの？」と、小さく小突く。

実の子でもないのに、ここまでしてもらってよいのかという疑問や後ろめたさは拭えない。この恩はこれからの生活の中で少しずつ返していこうと切り替えて、あらためてお礼を伝えた。

ふたりの役に立ちたいと張り切っていたのに、翌日から急に悪阻がひどくなり、自身のことで精いっぱいになっていく。匂いに敏感になり、ご飯も満足に食べられず、かなり心配させてしまった。これでは恩返しどころではない。

これまで必死に気を張ってきたけれど、ふたりの姿に安堵して緩んだからだろうか。

高松に到着して三日後に、東京《とうきょう》で行き損ねていた健診を受けに、急いで産婦人科を受診した。早くも、妊娠四カ月に入っている。

「事情はおありでしょうが、これからはちゃんと受診してくださいね」

院長は、四十代くらいの女性医師だ。注意をされるのは当然で、お腹の子にも申し訳なかった。

私がしゅんとしている間に、先生はエコーの準備をはじめた。

「あら！　三島さん」

先生のどこか楽しそうな声音に、悪い情報ではなさそうだと思いつつ、赤ちゃんになにかあったのかとモニターを凝視する。

「どうやら、双子ちゃんみたいよ」

「え？」

目を凝らしても、白黒の画面がなにを映しているのかよくわからない。

「一卵性だとね、すぐにはわからない場合もあるの。遅い人だと妊娠後期に発覚する場合もあるわ。八週目頃から胎芽が育ってきて、双子だと判明するケースが多いかな」

「双子、ですか」

赤ちゃんはひとりだという思い込みがあり、告げられた事実に理解が追いつかない。

その後聞かせてもらった心音も、間違いなくふたり分だった。

「悪阻がきついのも、たぶんそのせいもあるでしょうね」

身支度を整えて、先生の前の椅子に座り直す。診察室までついてきてくれた叔母も、かなり驚いているようだ。

「少しは食べられているし、体重も尿検査も問題ないのはよかったわ。今日のところは、点滴をしておきましょう」

双子という事実はまだ受け止められていないものの、問題ないとの診断にはひと安心した。

「この先さらに悪阻がひどくなるようでしたら、いつでも来てくださいね」

点滴のおかげで幾分かすっきりとしたが、気持ちは複雑だ。

「どうしよう、叔母さん」

自宅に帰ると、気が抜けて泣き言を口にした。

「ただでさえ叔母さんたちに頼りっきりなのに、双子って」

「陽和ちゃん」

すかさず叔母が隣に来て、背中をさすってくれる。

「赤ちゃんがふたりもいたら、絶対に大変だってわかってるの」

お世話だけでなく、必要なお金も二倍になる。想定した独り立ちも、これではそう簡単にいかなくなるだろう。

「それなのに私、嬉しいとも思っているの。負担が大きくなるのに……ますます迷惑をかけちゃう」

涙を隠すように、両手で顔を覆った。

今の私は、自分でも困惑するほど喜びに満ちあふれている。子どもが一気にふたりも生まれてくるなんて、想像しただけで表情が緩んでしまう。

以前は心臓の点滅を見ただけだったが、今日は実際に心音を聞かせてもらえた。まだお腹もほとんど膨らんでいないほど小さな存在なのに、鼓動は力強く響いた。その一生懸命な様が、愛おしくてたまらない。

同時に、そう感じることに後ろめたさもある。

悠斗さんとの別れを決意してから、この先、私には結婚する未来などないだろうと、漠然と考えていた。彼以上に誰かを好きになるなんて、まったく想像ができなかったからだ。

それに、人を信じるのが怖い。誰かに心を傾けてもし再び裏切られたら、もう立ち直れそうにない。

私にとって、きっとこれが最初で最後の出産になるに違いない。その唯一の機会にふたりも授かれたとわかって、身勝手にも幸せな気持ちになったのだ。

「陽和ちゃん、赤ちゃんのためにも迷惑だなんて言わないでほしいな」

叔母の優しい声音に、そっと顔を上げる。

「たしかに、大変になるわよ。なにもかも二倍になるもの。でもね、その分喜びも幸せも二倍になるって思わない？」

「喜びも、幸せも？」

今の自分は、まさしくその状態だ。

「いいのかな、本当に」

ここまできて産まない選択などあり得ないのに、どうしても迷いは晴れない。

「当たり前じゃない。孫がふたりも生まれるなんて、叔母さん、もっともっと張り切っちゃうわ」

叔母はいつだって私の味方をしてくれる。

「たしか、前に買った肌着の色違いも売っていたはずよ。ああ、玩具もひとつだと取り合いになっちゃうかしら」

ウキウキしはじめた彼女を見ていると、問題なんてなにもないように思えてくる。

叔母夫婦への感謝の気持ちは一生忘れない。あらためて固く誓い、双子の妊娠を少しずつ前向きに捉えられるようになっていった。

それからのマタニティーライフは、順調なときと悪阻で起き上がれないような不調を繰り返しながら、それでも大きな問題はなく過ぎていく。

一喜一憂する中で、悠斗さんを思い出す時間は徐々に減っていった。きっと彼の方も、君島さんと結婚して新しいスタートを切っているのだろう。

それを想像するとわずかに胸は痛むが、それよりも、これから迎える双子を思い浮かべて未来を見据えた。

十一月になり、私の妊娠もいよいよ正期産に入った。

お世話になっている病院の方針で、多胎の場合は帝王切開での出産となる。そのため、予定していた日時に荷物をまとめて入院した。

その翌日の昼過ぎに、時間になって手術室へ向かう。

今日は朝から叔母が付き添ってくれている。生まれる頃には、おじさんも駆けつけてくれる予定だ。誰よりも心強い味方の存在に、手術も出産も初めての経験だというのに、意外と落ち着いている。

手術台に横たわり、看護師らによって手際よく準備が進められる。

「麻酔を入れますね」

痛みを感じたのは、ほんの一瞬だった。下半身の感覚が鈍くなり、なにが行われているかはわからなくなる。

医師らの交わす言葉に、不安を感じさせるものはいっさいない。つまり順調なのだろうと信じて、誕生のときを待つ。

「ふぇ……」

お腹を押されたり引っ張られたり、慣れない感覚に襲われていたそのとき、小さな声が聞こえてハッとした。

もしかしてと、期待が膨らむ。

「うぁ、あぁぁ」

室内に、一層大きな泣き声が響いた。

「三島さん、ひとり目が生まれましたよ。元気な男の子です」

まだ実感がわかないのに、無意識のうちに涙が伝っていく。

さらに数分後、同じように元気な泣き声が聞こえてきた。

「ふたり目も、男の子です。元気いっぱいですよ」

感情が追いつかない中、ひとまず双子が無事に生まれたらしいとは理解した。

しばらくして体を拭いてもらったひとり目の子が、そっと私の胸もとにのせられる。

「おめでとうございます」

それはほんの数秒の出来事だった。触れることもなく、あっという間に連れ去られてしまう。

麻酔の副作用で強い吐き気に襲われて、体を動かす気力はない。ただ視線で追うくらいしかできなかった。

続いて連れてこられたふたり目も、同じようにされる。

体に感じる重みは思った以上に軽く、見た目もずいぶんと小さい。手足は想像と違って、赤ちゃんらしいふくよかさはない。

けれど、胸もとに伝わる温もりには、たしかな生命力を感じた。

この子たちを守るために、強くなりたい。引っ込み思案だとか、自信がないとか言っていられない。自分は母親になるのだと、強く自覚させられる。

ふたりには、もともと考えていた名前の中から、兄を春馬《はるま》と、弟は啓太《けいた》と名づけた。

一週間程度で退院となり、そこから手探りでの子育てがはじまる。

一卵性の双子のため、ふたりを見分けるのはなかなか難しい。違うところといえば、春馬にだけ右耳の付け根に小さなホクロがあるくらい。けれどそれも髪で隠れてしまいがちで、生まれてすぐは頻繁に覗き込んで確認した。

大人が三人もいるのに、子育て経験があるのは幼少期の私の面倒をみてくれた叔母くらいだ。それだってずいぶん昔の話になるし、すべてのお世話を体験したわけでもないだろう。育児雑誌を何度も読み返し、不安があれば経験のあるご近所さんに話を聞く。そうやって私と叔母がお世話に専念する間に、おじさんが家事をしてくれるのも珍しくなかった。

どちらかひとりが泣きだすと、それまで機嫌がよかったはずの片割れもつられてしまう。そんな双子ならではの苦労に悩まされながら、必死でふたりのお世話をした。

毎日がバタバタして、あっという間に過ぎ去っていく。

ふたりは大きな病気もなく成長し、一歳の誕生日を迎えるほんの数日前に、春馬が唐突に「まぁまぁ」と言葉を発した。

「今の聞いた？　ママって言ってない？」

その場に居合わせた叔母が、興奮した声をあげる。

「そう、かな？」

「絶対にママよ」

動揺してうまく受け止められない私に、叔母が力強く言い切る。顔を見合わせた彼女の目には、私と同じように涙が滲んでいた。

春馬がしゃべりはじめて少しすると、啓太も「まぁま」と発した。その後、春馬の真似をして、叔母を「ばあば」と呼ぶようにもなる。

一卵性の双子なのに、ふたりの性格はまるで違う。積極的に声を出す春馬に対して、弟の啓太はずいぶんとおとなしい。

好奇心旺盛な春馬は、気になったものには自分からどんどん近づいていく。外で知らない人に『かわいいわね』と顔を覗き込まれてもへっちゃらだ。

それに対して慎重派の啓太は、常に私に張り付いている。警戒心が強くて、知らない人が近づけば、顔をゆがめて泣きだしてしまう。

ふたりに優劣をつけて比べてはいけないと、叔母夫婦とも話している。しかし、瓜《うり》ふたつの双子たちの違いを見つけるのはなかなかおもしろく、大変な日々に楽しみを見出すようになった。

弟の啓太は、なにもかも兄を見て学ぶ。後から真似る分理解も深まるのか、春馬以上に夢中になる。一方、いろんなことに興味を持つ春馬は、啓太以上に物知りだ。

そんなふたりに寄り添うために、必然的に私も活動的になる。かつての引っ込み思案はどこへ行ったのかと叔母が笑うほどで、子どもたちのためならどんどん外へ出て、積極的に人と関わるようになった。

　子どもは成長に伴って顔つきが変わると話に聞いていた通り、たしかに時期によってふたりの見た目の印象は違っていた。

　その時々に父親である悠斗さんの面影を見つけて、付き合っていた当時がよみがえる。この子たちがいる以上、完全に彼を忘れられないのかもしれない。

　子育てに忙しくて、別れを思い出して落ち込む暇はない。けれど、ふたりの寝顔を見ていると、ふとあの頃を思い出す夜もある。

　それはきっと、心変わりを本人の口から聞かないまま別れてしまったからだろう。自身の気持ちにはけじめをつけたつもりでも、区切りを完全につけられてはいないのかもしれない。

　最後に顔を合わせたあの日は、悠斗さんから何度も電話がかかってきていたし、メッセージもたくさん受信していた。そのどれにも応えず、内容を読みもせずに消してしまった。

　直後に彼からの着信を拒否設定にしたため、あの後どうなったのかはまったくわからない。もっと時間が経てば、アドレス帳に残っている彼の連絡先も、すっぱり消せるだろうか。

きっと、悠斗さんに関する記憶はこのまま自然と薄れていき、同時に、未だに居座る未練とも言えない複雑な気持ちもなくなるはず。

——かつて恋人だった悠斗さんが再び私の前に現れたのは、そんなふうに思っていた矢先だった。

嵐の予感

子どもたちが生まれて八カ月ほど経った頃に、近所のスーパーの求人を見つけて、週に三日、三時間だけ働きに出るようになった。双子はその間、叔母の申し出に甘えて預かってもらっている。

久しぶりの仕事はよい気分転換にもなり、それが日々の活力にもなっている。

叔母の家にも、生活費としてやっといくらかお金を入れられるようになった。申し訳程度の金額だったとしても、寄りかかるばかりでない現状は、私の心を軽くする。

とはいえ、短時間の仕事で得られる給料では、この先独立してふたりの子どもを養っていくには到底足りない。

求人案内は常に気にしているけれど、東京とは違い、この辺りは募集そのものが圧倒的に少ない。将来を見据えれば、正社員で長く勤められる職場が理想的なのに、都合よくは見つからなかった。

「陽和ちゃん、グランドスタッフに戻りたい？」

ある日、いきなり叔母にそう尋ねられて動揺した。

仕事について、もどかしく感じていたのは事実だ。でも、なにも動きだせないまま時間だけが過ぎていき、子どもたちはもう一歳三カ月になる。

グランドスタッフの仕事が好きだっただけに、再度挑戦したいという気持ちは今でもある。ただ、勤務は不規則で、子育てをしながら働くのは難しそうだ。

それでもとりあえず調べてみれば、高松空港で募集が出ているとわかった。

「春馬君と啓太君のことなら、私と旦那も手助けするわよ」

「でも……」

帰宅が夜遅くなる日も多く、保育園に預けるだけでは到底カバーできない。

それに、ふたりはまだまだ手がかかるし、ずいぶんと活発になってきたから、世話をするのは体力的にも大変だ。

「保育園を利用しつつ、帰りの遅い日や休園日は私たちが預かるわよ。それに、陽和ちゃんも調べてたけど、一時保育のサービスもあるしね」

さらなる負担をふたりにかけるのは、あまりにも心苦しい。ただ、この仕事がこれまで見た中で金銭的に一番条件がいい。

「陽和ちゃん、グランドスタッフの仕事をずっと続けたいって、前に話してくれたじゃない。それに、この辺りは求人そのものが少ないでしょ？　これは、チャンスじゃないかしら」

「それは……うん。思うような仕事が見つからなくて」

「だったら、なおさら挑戦してみたらどう？」

その後、おじさんも交えて話し合いの場を設けた。

「挑戦するなら、僕も奈緒子も元気な今のうちかもしれないぞ」

深刻な表情の私に、おじさんが茶化すように言う。

「今ならまだ、あの子らの遊びについていくだけの体力が残っているしな。負担といっても数年のことだ。ふたりが学校に通うようになれば、状況はまた変わるだろうしね」

「そうよ。私たちね、自分たちでは経験できなかった子育てを、陽和ちゃんがいたからこうして体験できたのよ。これからも協力は惜しまないわ」

叔母の視線が、双子の眠る隣室に注がれる。

「……私、グランドスタッフの仕事が好きなの」

ふたりの応援に後押しされて、ぽつりぽつりと本音を吐露《とろ》する。

「採用試験を受けてみないとどうなるかわからないけど、もし合格したら、よろしくお願いします」

「決まりね」

その後、すぐさまグランドスタッフの求人に応募し、保育園の入園手続きも進めた。

家からほど近い園に空きがあり、すぐに入れることになったのはありがたい。

同時進行で中古の軽自動車を購入して、運転の練習もはじめた。長年ペーパードライバーだったせいで少し手こずったものの、これで園までの送迎も通勤も問題ない。

初めての登園日は、就職の面接を受けるより前にやってきた。

好奇心旺盛な春馬も、さすがに不安そうな顔を見せており、啓太にいたっては大泣きだ。それも、二回、三回と回数を重ねると次第に慣れていく。

気合を入れて受けた面接もうまくいき、無事に採用が決まった。その知らせを受けた二週間後の五月の終わりに、私は約二年ぶりにグランドスタッフとして現場に立っていた。

「三島さんみたいな即戦力が入ってくれて、大助かりだわ」

一緒に働くことになった人たちからありがたい言葉をかけられて、毎日が充実している。

とはいえ、育児との両立はやはり大変で、叔母夫婦のサポートがなければ回らない。

ここでの初めての給料は、これまでのお礼も兼ねて、叔母夫婦に温泉旅行をプレゼントした。『気を遣わなくてもいいのに』と叔母は遠慮をしていたが、おじさんによれば、娘からのプレゼントだとかなり喜んでくれたようだ。

忙しくしているうちに、グランドスタッフに復帰してからあっという間に三カ月が経っていた。相変わらずバタバタとした日々を過ごしているが、ここでのやり方にもすっかり慣れて余裕も出てきた。

今の時刻は、十三時半。もう一時間ほどで退勤だ。

空港を出たら先にスーパーに寄って買い物を済ませて、そのまま子どもたちを迎えに行って——と、ロビーを移動しながら今後の予定を組み立てる。

「陽和！」

そんなタイミングで呼び止められて、歩みを止めた。

「え？」

低く心地よいこの声を、私はたしかに知っている。まさかと思いながら、ゆっくりと振り返った。

「陽和」

「悠斗、さん……？」

少し離れたところに、かつての恋人の姿を見つけて呆然とする。

空港で働いていれば、いつかは彼と出くわすかもしれない。少しもそう考えなかったわけではない。

でも、彼は国際線も担当する多忙の身だ。この空港へのフライトがそれほどあるとは思えなくて、再び顔を合わせる確率など限りなくゼロに近いと踏んでいた。

万が一彼がここを訪れたとしても、シフトや業務の関係で顔を合わせる可能性はさらに低くなる。だから、本音を言えばそこまで深刻に捉えていなかったし、生活費を稼がなければと必死になり、気にする余裕もなかった。

身動きを取れずにいる私に、悠斗さんが足早に近づいてくる。

パイロットの制服を着た姿は、多くの女性の目を惹きつけていたあの頃と変わらず魅力的だ。ただ、目つきは鋭さが増したようで、他人を寄せつけない雰囲気がある。

「やっと、見つけた」

くしゃりと歪んだ表情には、いったいどんな感情が含まれているのか。

人前で別れを告げて恥をかかせた恨みなのか、それとも婚約者に私という存在を知られた怒りなのか。どちらにしろ、そんな感情を私に向けるなんてお門違《かどちが》いだ。

一メートルほど手前で足を止めた悠斗さんが、まっすぐに私を見つめてくる。

「ずっと捜していた」

「……意味がわかりません」

警戒心が隠しきれない、硬い口調になる。拒絶する姿勢を強く出したのは、今さら心を乱されたくないからだ。

別れを告げる前の私は、長く付き合ってきたのにあっさりと裏切った彼を許せなかった。それなのに恋心は消しきれず、苦しい胸の内を隠したまま、一方的に彼を切り捨てて姿を消した。

育児と仕事で忙しくしているうちにそんな感情は次第に薄れていき、当時を思い出す機会はずいぶんと減っている。

時折、子どもたちにこの人の面影を見つけて切なさを感じてしまうのは否定しない。だからといって、決して当時に戻りたいわけではなくて、すべて過去として流せていたつもりだった。

けれど、本人を目の前にした途端に、あの頃を鮮明に思い出してしまう。

今さらなにをしに来たのかという怒りと、何年経っても忘れていなかった自分の未練がましさに対する嫌気。吹っ切れたと思っていたのは強がりにすぎなかったと、嫌でも自覚させられる。

私の冷めた反応に、悠斗さんが寂しそうな顔になった。

「あなたとは、お別れをしたはずです」

「俺は、同意したつもりはなかった」

「なっ。だって、あのとき……」

〝婚約者と一緒にいて、追いかけてもこなかった〟と言い返そうとして、なんとか踏みとどまる。

そっと周囲を見回すと、私たちのやりとりに気づいた同僚らが、チラチラとこちらをうかがっていた。人の行き交う場で、職員がこんな会話をするべきではない。

「陽和。俺の至らなさで、君に勘違いさせてしまったんだ。頼むから、話を聞いてほしい」

なにもかもが遅い。今の私に、恋愛事に振り回される暇などなく、彼の話に付き合う気はない。

「私にかまわないでください」

「陽和」

一歩近づかれて、とっさに身を引く。その瞬間、別れを告げたあの日、最後に見たのと同じ、傷ついたような表情をされた。

「すみませんが、これ以上は……」

こちらが悪いわけでもないはずなのに、そんな顔をされたら罪悪感に襲われる。

「今日のフライトは、これで終わりなんだ。仕事の後で話をする時間がほしい」

振り切って去ろうとする私の腕を、悠斗さんが掴む。

「頼むから、俺の話を聞いてくれ」

すぐに応じない私に、彼がさらに言葉を重ねた。

「陽和が来るまで、ずっと待っているから」

「……わかりました」

同意をしたのは、珍しく必死な様子の悠斗さんを目にしたからではない。しつこい彼に折れただけだと、困惑する思考に理由をつけた。

なにか聞きたげな同僚には、「昔の職場の知り合いなんです」で押し通した。

それでも彼の容姿に惹かれたのか、もしくは大手航空会社の制服や、機長であることを示す四本のラインに興味を持ったのか、しつこく聞きたそうな素振りを見せられる。それらにはいっさい気づかないふりをして、職務に専念した。

仕事を終えてすぐに、帰りが遅くなる旨を叔母に連絡した。申し訳ないが、双子のお迎えはお願いするしかない。

【保育園には、私が行っておくわ】という叔母からの返信を確認して、急ぎ足でその場を後にする。

待ち合わせ場所を指定されたわけではないから、おそらく、従業員用の出入口の付近にいるのだろう。そうだとしたら、どうしたって逃げようがないと苦々しくなる。

「陽和」

思った通りの場所で、悠斗さんに声をかけられた。

「お待たせしました」

「いや、俺が勝手に待っていただけだ。ここじゃなんだし……」

「でしたら、二階にあるカフェに行きましょう」

空港を出てどこかに連れていかれるのが嫌で、こちらから提案する。悠斗さんもすぐさまそれに同意した。

一度だけ利用したことのあるその店は、コーヒーが美味しかったと記憶している。国内線の出発ロビーからほど近く、いつも賑《にぎ》わっている印象だ。そこなら多少気まずくなっても、喧騒《けんそう》がごまかしてくれるだろう。

入口を入ってすぐの席に、向かい合わせに座る。久しぶりの対面に、さっきから緊張し通しだ。でも、ここで気弱な姿を見せたくなくて、精いっぱい虚勢を張る。

オーダーしたカフェラテをひと口含み、彼が話しだすのを静かに待った。

「陽和……会わない間に、印象が変わったな」

子どもができて、日々の生活に必死になっていれば、変わらざるを得ないだろう。

当然そんな事情など、彼に明かすつもりはない。

「そうでしょうか」

私の淡々とした話しぶりに、悠斗さんは切なげに瞼を伏せた。

「なにから話せばいいのかずっと考えていたはずなのに、実際に陽和を前にしたら、どうしていいのかわからなくなる」

きつい言葉でも投げつけられるのかとかまえていたけれど、どうやら違うらしい。

「陽和から別れを告げられたあの日、すぐに追いかけなかったことをどれほど後悔したか」

「後悔？」

仲のいい婚約者がいる彼が、私を追いかけてどうするというのだ。そんな苛立ちを隠すようにカフェオレをもうひと口含んで気を静める。

「あなたには、婚約者がいたのでは？　あのときも、一緒にいましたよね？」

「違うんだ」

「ずいぶん仲良さそうに見えましたよ」

周囲の目も気にせずあれほど親密な場面を見せつけておいて、いったいなにが違うのか。

つい問い詰める口調になってしまったが、今になって蒸し返す話でもなかった。

気まずさに、彼から視線を外す。

「父親同士と、当事者である彼女が勝手に婚約だなんだと騒いでいただけで、俺は一度だって同意していない」

私の前で抱き合って、さらにはキスまでしていたというのに、そんな言い訳が通用するわけがない。

でも、それを話せばどうしても彼を責めてしまいそうで口を噤《つぐ》む。

「あの日、陽和に信用できないと言われて、自身の振る舞いを振り返った」

伏し目がちに静かに語りだした悠斗さんを見ていると、ひとりで熱くなっていた自分が恥ずかしくなり、聞き役に徹した。

「俺が好きになった陽和は、仕事に対して誠実で、いつも一生懸命に向き合う女性だ。でも、ひとたびそれを離れてしまえば、途端に自信なさげで守ってやりたくなる女の子になる」

この人の中で、自分はどれほど美化されて映っていたのか。

「そんな陽和に、俺が社長の息子だと明かせば、立場が違うと拒絶されてしまいそうで怖かった」

眉を下げた彼は、手もとをじっと見つめた。

いつでも自信にあふれて、颯爽とフライトに向かう悠斗さんにこんな気弱な一面があったなんて意外だ。きゅっと締めつけられた胸もとに、そっと手を添えた。

彼の憶測は、おそらく間違いではない。あらかじめそんな立場にいると聞かされていたら、そもそも交際に同意などしなかっただろう。

「機長に昇格して、その仕事にもある程度慣れたとき、陽和に結婚を申し込むつもりだった。それだって、突然告げて怖気《おじけ》づかせないように、それとなく仄めかすような真似もした」

あの頃の彼は、私と一緒になる未来を本当に望んでいてくれていたのか。

そうだとしても、君島さんとあれほど親密になっていたのだから、どこかのタイミングで心変わりをしたのだろう。

「それなのに、海外から帰国したら状況が一変していた。父親が勝手に俺の立場を公表して、大々的にお披露目会の計画までしていた。俺にはいっさい、相談も説明もなしにだ」

「勝手に？」

思わず口を挟むと、視線を上げた悠斗さんは「そうだ」とうなずいた。

「あの人は本来、俺に経営に携わってほしかったんだ。だが、それを断ってパイロットの道を選んだ俺が気に食わなかったのだろう。就職先こそ親の会社を選んだが、俺を認めようとはしなかった。せめて会社の役に立ってみせろと、政略結婚を強要しようとした」

思いもよらない彼の言い分に、つい顔をしかめた。

優秀なパイロットになっただけでは、彼のお父様は満足できないのだろうか。まるで子どもを自分の駒のように扱う姿勢に、苦々しくなる。

「自分の知らないうちに、どこかの社長令嬢との見合いまで決められていた。当然、そんな話は承諾できないと断る気で動いていた。君を不安にさせないよう、内々で片づけてから説明するつもりだったんだ」

私から視線を外した悠斗さんは、苦しげに息を吐き出した。

「陽和に言われて周囲に確認してみれば、すでに見合いの話も広まっていたようだな」

「ええ」

「仕事と父親への対応で……など言いわけにもならない。目先の問題に囚われて、話がしたいと言う陽和を後回しにしている間に、いろいろな噂が蔓延《まんえん》していた。信用をなくしても仕方のない状態だったと、後になってやっと理解した」

どこまで真実として受け取っていいのか、慎重に彼の話に耳を傾ける。

「あの日、すぐに追いかけられなかったのは、父親の立場について隠していた後ろめたさがあったからだ。信用できないと言われて、一歩が出遅れた」

強がってはいたけれど、本当はあのとき、悠斗さんなら追いかけてくれると心のどこかで信じていたのかもしれない。その結果、逆に彼から別れを告げられたとしてもだ。彼の口からちゃんと説明してほしかったのだと、タクシーの中で流した涙の意味をようやく悟った。

「どうして陽和を捕まえておかなかったのか。あれ以来ずっと後悔し続けてきた。すぐに陽和のスマホに連絡をしてもいっさい通じず、慌てて職場に問い合わせてみれば、三島陽和は今日が最後の勤務だったと言われて頭が真っ白になったよ」

「私、何度も話がしたいって言ったわ」

冷静になるように自身に言い聞かせていたのに、発した声音は恨みがましくて、語尾が震えてしまった。

なにかに耐えるように、彼の表情が歪む。

「すまなかった。俺は、完全に優先順序を間違えていた。なによりも先に、陽和との時間を持つべきだったんだ」

テーブルの上に置かれていた彼の手に、ぐっと力がこもる。

「父は、見合いに応じるように、休みのたびに連絡をしてきた。仕事上がりの俺を、頻繁に呼び出しもした。時間はかかったが、何度も話をして、とりあえず見合いの話は撤回させられた。それなのに、相手の君島咲良が……あの日、俺にまとわりついていた女性なんだが、彼女にしつこく言い寄られて辟易《へきえき》していた」

彼はそれに、絆《ほだ》されたとでもいうのだろうか。

「外見で俺を相当気に入ったらしくて、頻繁に職場にまで来るようになり、ほとほと困っていた。婚約だのなんだのといった噂話は、俺が断りづらくなるように、君島サイドが意図的に広めたものだった」

見合いの話もお相手の名前も、お披露目会とは違って正式に通達があったわけではない。どこから広まった話なのかと聞かれると、たしかにおかしい気がする。

「私、あなたと君島さんが抱き合って……キスをしているのを見たわ。それも、たくさんの人の目がある場所で」

それでも、これだけは否定できないはずだ。

「そんなこと、一度だってない」

若干大きな声で言い返されて、瞠目《どうもく》した。

「いや、すまない」

わずかに身を引いた悠斗さんは、手で口もとを覆った。

なんと言われても、私はその場に居合わせていた。思い出すだけで、忘れていたはずの胸の痛みがどんどん増していく。

「誓って言うが、本当にそんな事実はない。あの人は甘やかされて育ったのか自由奔放で、どこであろうと、いつだって抱きつくように飛び込んでくる。何度かとっさに支えはしたが、それ以上のことはなにもない……って、本当ならそれすら嫌だったよな。申し訳なかった」

二度ほど見かけた君島さんは、間違いなくそんな自由な女性だった。

「人目も憚らず、強引に口づけてこようとする素振りもあったが、そのどれもが未遂だ。おそらく陽和は、そんな場面を目撃したのだろう。本当に、すまない」

「あれは、未遂だった？」

思い返してみれば、ふたりの姿を見たくなくてすぐに目を逸らしてしまったし、はっきりとその場面を目撃したわけじゃない。あくまでそう見えたというだけだと、今になって思い至る。

ただ、不用意に触れてくる君島さんに対して悠斗さんは手を振りほどいていたものの、完全な拒絶はしていなかった。そんな様子から、ふたりはもう恋人同士なのだと思い込んでいたが、もしかしてそれも勘違いなのだろうか。

「ああ、そうだ。あの人と親密な関係になるなど、一度もない。君島サイドの思惑を知る前は、立場上当たり障りのない対応をしていたが、プライベートでは会ったこともない。勝手に職場に押しかけられたときと、見合いを断る際に顔を合わせただけだ」

「本当に？」

今となってはどうでもいいはずなのに、深く考える前に問い返していた。

「当然だ」

きっぱり言い切る悠斗さんに、嘘をついているような素振りは見られない。

「信用できないと言われた以上、すぐに行方を捜して会いに行っても、陽和はきっと俺を受け入れてくれない。だからまずは、諸々の問題を解決してからだと動いていた」

ぐっと唇を引き結んだ悠斗さんは、苦しさの見え隠れする複雑な視線を私に向ける。

「そんなふうに考えていた結果、まさかこれほど長い間、陽和を見つけられなくなるとは思ってもみなかった」

彼の吐き出すような口調が、胸に刺さる。

「グランドスタッフの仕事が好きで、一生の仕事にできたらと陽和が話していたのを信じてよかった。フライトのたびに、行く先々の空港で君の姿を捜していたんだ」

「え？」

「絶対にどこかにいるはずだと、あきらめなくて本当によかった」

彼と交わしたたくさんの会話の中の、そんな些細《ささい》な話を覚えていたなんて信じられない。

「やっとなんだ。やっと陽和を見つけられた」

「……あなたは、君島さんと結婚していないんですか？」

ここまでの話から、ふたりは婚約すらしていないと推測できたが、実際はどうなのか、彼の口から聞いておきたい。

「するわけがない。見合いの話が解消されてからは、一度も会っていない」

悠斗さんの言い分は、一応筋が通っている。

「あなたの話に、矛盾がないのはわかりました」

事務的な口調になってしまうのは、納得はしても素直には受け入れられないという意思表示だ。

私のためだったと言われて、嬉しいばかりではない。

恋人だったのに本名や出自すら教えてもらえず、後からそれを知らされる私の気持ちは考えてくれなかったのだろうか。

大事な話を噂という最悪な形で耳にして、自分は信用されていなかったのだと深く傷ついた。それに対する不信感は、真相を知ったくらいではなくならない。

「謝罪をするために、私を捜していたんですか？」

話はそれだけかと、幕引きを試みる。

いなくなった人間など忘れてくれればいいのに、ずいぶん律儀《りちぎ》な人だ。

「違う。いや、当然謝罪もしたかったが」

言い淀む悠斗さんに、なにを言われるのかとわずかに身がまえる。

彼は私の手もとにさっと視線を走らせた後、しっかり目と目を合わせてきた。

「陽和ともう一度、やり直したいんだ」

おそらく、指輪の有無を確認したのだろう。

今さらだと跳ねのけたい気持ちと、後ろめたさがせめぎ合って言葉に詰まる。

私と彼との人生は、もう二度と交わらない。

私には、どうしても彼に明かせない隠し事があるのだから、交わらせてはいけない。

「無理で……」

「ママ！」

断りの言葉を続けようとしたところで、子どもの声に遮られる。

「え？」

店の入口に視線を向けると、叔母に連れられた息子たちがいた。

春馬は叔母に手をつながれて歩いてきたようだ。ベビーカーに乗っている啓太は、少し不機嫌そうな顔をしている。

「ご、ごめんなさい」

悠斗さんに早口でそう告げて、慌てて席を立った。

「ごめんね、陽和ちゃん。啓太君が、ママに会いたいってずっとぐずってて。気分転換に飛行機を見ようかって、連れてきてしまったの」

気まずそうに話す叔母の視線が、私の背後に向けられる。悠斗さんがこの光景をどう見ているのか、怖くて振り返ることができない。

「春馬君が、お店のガラス越しに陽和ちゃんの姿を見つけてしまって……。お取り込み中、だったのよね？」

「……うん」

ひとまず、叔母と共に店の脇に移動する。

私がここで働きはじめる以前から、ふたりを何度か空港へ遊びに連れてきていた。

絵本を読んで乗り物に興味を持っていたのもあり、春馬はすぐにここが好きになった。目の前で見る飛行機の迫力に最初は怯《おび》えていた啓太も、今では来るのを楽しみにしている。

私が就職してからもそれは続いていたし、今みたいに叔母が連れてくるときもある。

「春馬、啓太」

しゃがんでふたりに視線を合わせた。

頭をなでられて満足した春馬に対して、啓太は腕を伸ばして抱っこをせがむ。

この場をどう取り繕えばいいのか判断できないまま、とりあえず啓太の要求に応じて抱き上げた。

「まぁま」

むにゃむにゃと私を呼びながら、胸にこてんと頭を預けてくる。きっと、泣き疲れて眠くなったのだろう。

「陽和？」

背後から呼ばれて、ピクリと肩が跳ねた。

叔母が春馬を展望デッキに連れていってくれるようで、視線で合図を受ける。それにうなずき返し、観念してゆっくりと振り返った。

「とりあえず、そこのベンチに座ろう」

ここで逃げ出すなんて叶わず、渋々指示されたベンチに腰を下ろした。隣から、私と啓太を見つめる視線を痛いほど感じる。

「この子と、一緒にいたもうひとりの男の子は、陽和の子で間違いないか？」

彼の声音が、幾分か硬い。

目の前で春馬がママと呼んでいたし、啓太の様子を目にしていればごまかしようがなくて、首を縦に振った。

「いくつだ？」

「一歳九カ月」

明確な意図を感じられる質問に胸が苦しくなり、少々ぶっきらぼうに返してしまう。

「俺の子……なのか？」

しばらくなにかを考え込んでいた悠斗さんが、ぽつりとつぶやいた。

「ち、違うわ」

彼の問いかけに被せるように、すぐさま否定する。

さっきまで悠斗さんを内心で責めていたというのに、まるで立場が逆転したようだ。

その気まずさに、すっかり寝入ってしまった啓太の柔らかな髪に顔をうずめた。

「なあ、陽和。俺の子じゃないのか？」

優しくそっと尋ねられる。

啓太を抱きしめながら、必死で首を横に振った。

不意に立ち上がった悠斗さんが、私の正面に跪《ひざまず》いて、下から視線を合わせてくる。

だんまりを決め込むなんて卑怯《ひきょう》だとわかっているのに、なにをどう言えばいいのかわからず、ぎゅっと目を閉じた。

「陽和」

答えられないことこそが、そうだと肯定しているようにも取れるだろう。悠斗さんも、そう察しているかもしれない。

「俺は、本当になにもわかっていなかったんだな」

後悔を滲ませたつぶやきに、そっと瞼を開けた。

彼は眉間にしわを寄せて苦しげな表情のまま、真意を探るように私を見つめる。

「あのとき、陽和が何度も話がしたいと言っていたのは、妊娠がわかったからか？」

認めるわけにはいかず、首を振って否定する。

「俺の子だと、言ってくれ」

肩に手を添えられて、息を呑む。

彼らしくない、わずかに震えた懇願するような口調に胸が詰まった。

それでも、簡単には認められそうにない。

彼のもとを去って以来、叔母夫婦の手を借りながら、ここまで私がふたりを育ててきた。たくさんの苦労をしたし、決して楽しいばかりではなかった。

叔母夫婦に負担をかけるのは心苦しかったし、さらに気落ちしているときには、子どもたちの父親であるこの人の裏切りを思い出して、精神的につらくなったこともあった。

今さら本当は誤解だったと言われても、簡単には割り切れない。まして、やり直そうだなんて考えられない。

ひたすら首を横に振り続ける私に、ようやくあきらめてくれたのか、悠斗さんは立ち上がって隣に座り直した。

「――ふたりは、陽和の子なんだな？」

確かめるように尋ねる彼を、チラリと見る。

「え、ええ」

それについてはごまかしようがなく、ようやく声を発した私を、悠斗さんは目を細めて見つめてくる。

「双子、なのか？」

「そう。一卵性の」

なにを考えてそれを聞いているのかはわからない。ただ、彼の子だと悟られないようにすることだけで頭がいっぱいになる。

「名前を、教えてくれないか？」

すでに彼の目の前で呼んでいたのだから、それくらいはかまわないだろう。

私に抱かれたまま眠る啓太の髪をひとなでして、心を落ち着かせようと試みる。

「この子が啓太で、叔母と一緒にいたのが春馬。春馬の方がお兄ちゃんよ」

「さっき少し見ただけだが、双子だけあってそっくりだな」

子ども同士のことを指しているとはいえ、〝そっくり〟という言葉にドキリとする。

双子と悠斗さんには血のつながりあるのだから、もしかして外見でなにかを察してしまうかもしれず、怖くて彼の方を見られなくなる。

「ええ」

絶対に気づかれてはいけない。そう慎重になるあまり、返す言葉が端的になる。

彼からの質問はもうしばらく続き、それに当たり障りのない返しをする。

そうして悠斗さんはようやく満足したのか、前のめりになっていた体を背もたれに預けた。

「ふたりが陽和の子なら、俺はそれだけで愛しく感じる」

彼が体をこちらに向けた気配を感じる。予想外の言葉に頭が真っ白になり、その視線から逃れるように再び啓太の髪に顔をうずめた。

「だから、誰の子であってもかまわない」

「なにを、言って……」

思わず顔を上げて、真剣な表情の悠斗さんと目が合う。

「これまで散々陽和を傷つけたうえに、俺のせいで仕事まで奪ってしまった。陽和からしたら、俺とはもう二度と関わりたくないかもしれない」

このままここで、子どもたちと暮らしていこうと決めていたから、再会などしたくなかった。

「でも、どうしたって陽和をあきらめられない。俺の気持ちは、あの頃からなにも変わらない。陽和を愛しているんだ」

突然の告白に目を見開く。

「俺のことなど信じられないというのなら、もう一度信じてもらうために努力する。子どもたちにも受け入れてもらえるように、全力で尽くしたい」

「そ、そんなこと、急に言われても」

突然知った子どもの存在など、そう簡単に受け入れられるわけがない。それに、さっきから私は、悠斗さんが父親ではないと否定しているのだ。見ず知らずの子を愛しいだなんて思えるものではない。

「どれだけ時間がかかろうとも、陽和の俺に対する気持ちも信頼も、なんとしても取り戻してみせる。それから、子どもたちとの関係も作っていきたい」

悠斗さんの勢いに、気圧されそうになる。

「絶対に、陽和も子どもたちも不安にさせないと誓う。だから、もう一度だけ、チャンスをくれないか」

私に懇願する必死な目から、彼の本気が伝わってくる。私の方が追い詰められているように錯覚して、拒絶する気力はもう残っていなかった。

「……わかったわ」

「本当か」

「ええ」

彼を完全に信じているわけではない。同意をしたのは、彼の子だと打ち明けていない罪悪感のせいだ。そんな言い訳めいた理由を、自身の中で必死に正当化する。

「ありがとう」

ふんわり微笑んだ悠斗さんに、視線が釘《くぎ》づけになる。

その優しい笑みは当時のままだと、なんだか泣きたくなった。

その後、悠斗さんから連絡先を聞かれた。以前と変わっていないが着信拒否の設定をしてあると明かせば寂しそうな顔をされたが、気づかないふりをする。

必ず解除しておくと伝えたところ、彼は毎日連絡を入れると宣言し、「近いうちに時間を見つけて、必ず会いに来る」と言って微笑んだ。

話が終わり、春馬を迎えに叔母のもとへ向かう。

飛行機ではしゃいだ春馬も、ベビーカーに乗っているうちにすっかり寝入ってしまったようだ。

「桜庭悠斗と申します」

「初めまして。陽和の叔母の上田《うえだ》奈緒子です」

やはり叔母は彼について薄々勘づいているようで、確かめるような視線を私によこした。

「叔母さん、あのね、悠斗さんは、その……」

説明しようとしたけれど、彼を父親だと認めていないせいでその後が続かない。

口ごもる私の肩に、悠斗さんの手が添えられた。

「陽和さんを、ずっと捜していたんです。ようやく再会できたので、ここからまた、関係を築いていこうと思います」

「まあ、そうなのね」

子どもについては触れていないが、その言葉で彼が父親であると確信したようで、叔母の表情が明るくなる。

「本人にも伝えましたが、時々こちらに会いに来るつもりでいます」

私も同意しているのかと、叔母がチラリとこちらを見る。それに対して、小さくうなずき返した。

「でしたら、ぜひうちにも来てくださいね」

「ありがとうございます」

別れ際に悠斗さんにお願いされて、寝ている啓太を抱かせてあげた。

「想像よりも軽いんだな。かわいい」

ぽつりとつぶやいて、啓太の頭に頬をつける。

「私にとっては、ふたりともずいぶん重くなったのよ」

「そうか。そうだよな。きっと生まれたときは、壊れそうなくらい小さかったんだろうな」

切なげな表情をした悠斗さんは、しばらくの間、啓太を抱き続けていた。

その後、春馬の頭をひとなでした彼は、名残惜しそうに宿泊先へ去っていった。

「陽和ちゃん、桜庭さんがこの子たちの……」

言葉尻を濁した叔母に、首を縦に振る。

「いろいろと、行き違っていたみたいで。彼にはまだ、あなたが父親だって明かしていないの。その、もう一度やり直したいとまで言ってくれたんだけど、どうしても踏み込めなくて」

「そうよね。いい人そうに見えたけれど、急に言われても困っちゃうわよね」

「うん」

私の気持ちを察してくれた叔母の言葉を、素直に認める。

「陽和ちゃんには、ゆっくり考える時間が必要ね」

もう一度、彼と関わった先にどんな未来が待っているのだろうか。あまりにも突然な話に、今はまだ先のことまで考えられそうにない。

「帰ろっか」

叔母の言葉に、駐車場へ向けて歩きだす。

結論は、急いで出さなくてもいいだろう。ただ、子どもたちに悲しい思いだけは絶対にさせてはいけない。

腕の中の啓太を抱え直して、あらためて心に誓った。

ほしいのは陽和だけ　SIDE悠斗

『空港に、遊びに行こうか』

父が航空会社の社長を務めていることもあり、母は兄と俺をたびたび空港へ連れていった。

兄は空港内を歩き回るのが好きで、俺は飛行機が気になる。仲のいい兄弟ではあるが、興味の対象は明確に違っていた。

轟音《ごうおん》を響かせながら、大きな機体がゆっくりと滑走していく。その迫力に心臓がバクバクと鳴り、飛び立つ瞬間を今か今かとそわそわしながら見つめる。

デッキに出ればまるで足に根が生えたように動かなくなる俺を、母は苦笑し、兄は『中へ行こう』と焦れた。

『悠斗は、飛行機が大好きなのね』

そんな俺が、パイロットを目指したのは必然だった。

結婚前にCAとして働いていた母は、俺の夢を応援してくれた。

『仁も悠斗も、大人になったら父さんの会社で働くんだぞ』

幼い頃から何度もそう言い続けてきた父も、てっきり俺の夢を応援してくれているのかと思いきや、どうやら違ったらしい。父が求めていたのは、経営側に身を置く俺だった。

幸い、兄はそういうことに興味があったようで、自分から父の望む道へ飛び込んでいった。

対する俺は、あの人の反対を押し切ってパイロットになった。

就職先にＲＡＪを選んだのは、期待に応えられなかった罪悪感もあったかもしれない。だが、そこに強いこだわりはなく、パイロットとして働けるのなら正直どこでもかまわなかった。

社長の息子だと周囲に気を遣われたくないのなら、職場では母の旧姓を名乗ればいい、と助言してくれたのは兄だ。母が俺に味方したのもあり、父は渋々それを受け入れて根回しをした。

早く一人前になりたい。そんな志《こころざし》を胸に仕事漬けになる中、同僚らの下世話な話を聞いて、ひとりのグランドスタッフに目を向けるようになる。

「――グランドスタッフの三島ちゃんだろ？」

「俺の彼女も言ってたぞ。ちょっと人見知りっぽいところがあるけど、仕事熱心で気遣いができる子だって」

特に若手は、休憩時間になると異性の話で盛り上がることが多い。

フライト先であからさまに言い寄ってくるCAにげんなりする出来事が何度かあり、正直こういう話題は遠慮したい俺は、話半分で聞き流していた。

それでもなんとなく耳に入ってくる話に、繰り返し聞こえてきたのが〝三島ちゃん〟という女性の名前だった。

「先月、俺の親が三島ちゃんに対応してもらったみたいでさあ。両親は海外なんて行き慣れなくておろおろしてたら、三島ちゃんが、今の時季の天候とか、おすすめの観光スポットなんかを教えてくれたって。それだけでファンになってたわ」

「やっぱ、結婚するならそういう気遣いのできる子がいいよな。こないだ告白してきたCAの子なんて、お試しで食事をって言うからOKしたら、どこどこホテルのなんとかって店を予約してほしいとか言い出して。それ、同僚の間柄で行くような気軽な店じゃないし」

「ああ、わかるわかる。俺も、フライト先で食事に連れてってとか言われて、まさかの高級店を指定されたよ。俺は金蔓《かねづる》かって思ったわ。やっぱさあ、謙虚さって大事なんだよ。三島ちゃんみたいな」

何度か同じ名前を耳にしているうちに、そういうスタッフもいるのかとその存在を認識するようになった。

そんなある日、仕事を終えて駐車場に向かう途中で、噂の三島さんを見かけた。私服姿なのだから、おそらく彼女も帰るところなのだろう。

なんとなく目で追っていると、ちょうど彼女の目の前で大きな鞄を抱えた初老の女性が躓いてしまった。

大勢が行き来する中、その女性に気にかける人はひとりもいない。幸い転びはしなかったのだから、そんなものだろう。

そう思った直後に、自分の考えを恥じることになる。

女性に気づいた三島さんが、すぐに近づいて声をかける。けがはなかったかと足もとを気にして眉を下げた彼女の、はかなげな表情から目が離せなくなった。

それから会話をしながらどこかを指さしていたのは、おそらく女性の目的地を聞き出して、行き方を教えているのだろう。

空港に不慣れなのか、女性は終始不安そうな顔をしている。それを見てひとつうなずいた三島さんは女性の鞄を預かりながら、再び職場であるロビーへ向かいはじめた。

わずかに迷った後、急いでふたりを追う。

「三島さん」

突然呼びかけられた彼女は、不思議そうな顔で振り返った。

「楠木、さん？」

彼女が俺の名前を認識していたのが、無性に嬉しかった。

「道案内かな？　さっき、そちらの方を助けるところを見かけて」

「そうです。迷っていらしたので、お連れしようかと思いまして」

「それなら、俺も手伝おう」

遠慮される前に、彼女の手から女性の荷物を受け取る。

「え？」

「ほら、時間は大丈夫か？」

「え、ええ」

名前を知っていたのだから、俺が同じ会社に勤めているのは把握していただろう。

とはいえ、まったく話したこともない、見知っている程度の人に唐突に声をかけられて、彼女はずいぶん警戒しているようだ。

それでも、女性を気遣いつつ後をついてきてくれてほっとした。

「――この方は、パイロットなんですよ」

並んで歩きながら、女性が不安にならないように俺の身分を明かす。それに合わせて、余所行きの愛想笑いを浮かべながら女性に軽く会釈した。

「手間をかけさせて、ごめんなさいね。めったに来ないところだから、迷ってしまってねぇ」

娘夫婦のもとへ向かうと話していた女性に、三島さんは「最初にここに並んで、その後は……」と手続きの手順を丁寧に説明する。

「本当に、助かりました。どうもありがとう」

何度も礼を言いながら頭を下げる女性を、最後までふたりで見送った。

「お疲れのところを、楠木さんまで巻き込んでしまってすみません」

ようやくこちらに向き直った三島さんが、申し訳なさそうな顔をする。

「いや。俺が勝手に声をかけたんだ。気にしないでくれ」

先ほどの女性だけでなく、強引に手伝った俺まで気遣ってくれる。こういう優しさを、同僚らは気に入っているのだろう。

彼らの話は本当だったのだと確信し、そんな心根の優しい三島さんが女性として気になる存在になっていく。

それからというもの、三島さんと出くわせば挨拶程度の言葉を交わすようになった。

最初こそ若干不審そうな顔をされたが、時間の経過と共に慣れたようで、返してくれる言葉数が増えていく。

彼女から「お気をつけて」「いってらっしゃい」と声をかけられるたびに、心が温かくなる。そんなさりげない関係が心地よくて、気づけば自ら三島さんの姿を捜すようになっていた。

彼女が接客をするときに、できる限りひとりひとりの客と目線を合わせているのは、すぐに気がついた。時間に追われる中、丁寧だがそっけない対応をする職員もいるが、三島さんは違った。小さな子どもに対しては、床に膝をついて対応する。そんな細やかな配慮は、彼女の人柄そのものだ。

仕事に対して誠実で、楽しそうに働くその姿はいつも輝いて見えた。

彼女がそばにいてくれたら、きっと穏やかにいられるのだろう。俺の隣にいてほしい――。そんなふうに、いつの間にか三島さんを好きになっていた。

どうアプローチすればいいのかが、悩ましいところだった。お互いに不規則な勤務のため、接点が少なすぎるのがネックになる。

それに、彼女はなかなか慎重な性格のようで、俺に笑顔を見せてくれるまでにもそれなりに時間がかかった。不用意に想いを告げでもしたら、避けられてしまうかもしれない。

悶々《もんもん》とした気持ちを抱えながら、ここ数日見かけることすらなかった彼女にひと目でいいから会いたくて、仕事上がりに待ち伏せていた。

それほど待たずして、彼女が姿を現した。

以前も感じたが、仕事を離れた三島さんは纏う空気が違う。あれほど堂々とした姿でカウンターに立っているのに、今は人ごみに流されてしまいそうなほど頼りない。オン・オフがはっきりしているのだろうか。そんなギャップですら魅力的に見えてしまう。

そういえば、先日も同僚らが彼女の噂をしていたと、このタイミングで思い出した。

『三島ちゃんって、たぶんフリーだよな？　俺、声をかけてみようかな』

『ちょっと待て。お前にはもったいない』

少しでも距離を縮めたくて、軽く会話を交わすつもりでいた。それなのに、同僚らのやりとりに焦るあまり、その場で「俺と付き合ってくれないか？」と告白したのはらしくなかった。案の定、見事に逃げられてしまった。

さすがに唐突すぎるだろう。冷静になれば自分の言動の迂闊《うかつ》さに気づいたが、彼女を前にすると、いつも通りを装うのが難しくなるのだから仕方がない。

数日後に再び彼女に接触したときは、落ち着いて話ができたと思う。まずは友人からという、初心《うぶ》な反応すらかわいらしい。本音を言えばそれでは不満だったが、俺の気持ちを知ってもらって、ほかの男より一歩近い立場にいることを認められた。それだけでひとまずは納得した。

彼女を知れば知るほど思いが大きくなっていく。

交流を通して、〝陽和〟と名前で呼ぶ権利も得た。彼女の方は、恥ずかしがってなかなか俺を名前で呼んでくれなかったが、好意的に見てくれているのは伝わってくるからかまわない。少しずつ攻めていけばいい。

想像通り、本来の陽和は慎重で引っ込み思案だ。そんな彼女に、自身の出自をいきなり明かせば、尻込みするに違いない。

彼女を逃がしたくない。そんな感情から、陽和を完全に手に入れるまでは自分の事情を隠しておく選択をした。

機長に昇格した暁《あかつき》には、彼女にプロポーズをする。それを受け入れてもらえたら、すべてを話そう。

家柄と結婚するわけではない。そんな綺麗事を言い訳にして、彼女をだますような真似をしたのがいけなかったのだろうか。突然、陽和から別れを告げられてしまった。

「本当の名前も立場も、それから見合いの話も、私にはなにも教えてくれなかった。信用できない人とは、もう一緒にいられません」

一瞬、なにを言われているのかわからなかった。

俺に背を向けて去っていく陽和を呆然と見つめる横で、勝手に決められた見合い相手がうるさく騒ぐ。

「いい加減にしてくれないか。俺は見合いをするつもりはまったくない。そう、何度も言ってきたはずだ」

これまでも、きっぱり断っているつもりだった。けれど、そこまで強くは出られていなかった自覚もある。

勝手に話を進めた父は、俺がこの結婚を受け入れるのを当然だと捉えている。すでに提携の条件の擦り合わせがはじまっており、新しい事業案を打ち出す準備も進められていた。

それに気づいた兄がなんとか足止めしようと動いてくれているが、息子の言葉を素直に聞くような人ではない。

断る意志に変わりはないが、会社のつながりがある以上、君島の娘がいくら疎ましくても公の場で邪険に扱うのはさすがに憚られた。

不意打ちで何度か対面した見合い相手は、無邪気そうに見えて、人一倍自尊心が高い女性だ。常に自分が一番でなれば気が済まないという、いかにも甘やかされて育った、ワガママな性格が見え隠れしていた。

そんな相手に、万が一陽和の存在を知られたらなにをされるかわからない。それを懸念して、君島に対してぬるい対応になってしまったのは自分の落ち度だ。完全には強く出られなかったせいで、相手をつけ上がらせていたのだろう。

最愛の陽和に別れを告げられて、やっとやり方が間違っていたのだと気づかされた。

最初から、こうしていればよかったのだ。

遠慮も配慮もなく声を荒らげた俺に唖然とする彼女を一瞥し、まとわりつく腕を振りほどいてようやく陽和を追いかけた。

振り返ってみれば、ここ最近は身勝手な父と君島咲良の対処に振り回されてばかりだった。本社に何度も呼び出されて、陽和との予定もキャンセルする始末だ。父の外堀を埋めるようなやり方には怒りを覚えたし、職場までやってくる君島にも辟易していた。

完全に余裕をなくしていたなどというのは、陽和にすれば言い訳にすぎない。

結局、陽和には追いつけず、連絡をしてもつながらない。さすがに焦れてマンションへ行ってみれば、すでに引っ越した後だった。慌てて彼女の職場に問い合わせたところ、まさか今日で退職したという。

俺との関係を完全に切るつもりなのだと悟って、愕然とした。

なんとか連絡を取れないか探りつつ、いい加減にこの問題に決着をつけようと、すぐさま父のもとへ向かった。

「――これ以上、勝手な真似をしてくれるな」

父には、俺の立場を明かさないという約束を勝手に反故《ほご》にされた。しかも、俺がいない間を見計らっての暴挙だ。

公表してしまったものは、この際もう仕方がない。だが、お披露目会や見合いについては、すべて撤回してもらう。

これまで何度この主張を繰り返しても、父は『認めない』『従ってもらう』と言うばかりだったが、陽和を手放してまでこの人に認めてもらう必要はない。そもそも、もう認められたいとも思わない。

「それが親に向かって言う言葉か」

声を尖らせる父に、白けた目を遠慮なく向ける。

「とにかく、ここで君島グループとのつながりができれば、うちとしても他社との違いが明確に打ち出せる。飛躍のチャンスなんだ」

言い募る俺に、父はどこまでも〝会社のために〟と訴えてくる。どうして俺と陽和が、その犠牲にならなければいけないのか。

「会社のためなら、大切にしたい女性を捨ててでも見合いをしろと？　この会社に、そこまでの思い入れなど俺にはない」

「なにを言ってるんだ。先方との話は、もうずいぶん進んでいるんだぞ」

「俺には関係ない」

いつになく声を荒らげる俺に、わずかに父が怯んだ。

もっと早くに、この人との関係を絶つべきだった。ずっと味方をしてくれた母や兄を悲しませたくなくて二の足を踏んできたが、それすら間違いだったと悟る。

「社長」

ヒートアップする俺と父のやりとりに口を挟んだのは、少し前に本社勤務となった兄だ。なかなかここまで来る時間の取れない俺に代わって、兄は父にずっと物申してくれている。

「事前に本人の意思を確認するのが当然じゃないですか。なぜだまし討ちのように勝手に進めてしまうんです？　というか、確信犯ですよね？　悠斗が反発するのをわかって、秘密裏に話を進めたんでしょう。子どもなら親の言うことをなんでも聞くと勘違いしてませんか」

「そうじゃないだろう。お前たちは、この会社を発展させたくないのか」

「俺にとっては、会社の発展などどうでもいい」

「なに？」

即座に言い返した俺に、父親が気色ばむ。

そんなことにも気づいていなかったのかと、これ見よがしにため息をついた。

「見合いの話を強要するのなら、俺はここを辞める」

「馬鹿なことを言うな。そんな勝手を、認めるはずないだろ」

父の見当違いな返しには、心底うんざりする。勝手はどっちだと毒づいた。

俺の行動を、この人に制限されるいわれはない。

「俺はただ、パイロットになりたかっただけだ。そのために、休日も関係なく血の滲むような努力をしてきた。たとえ父さんに賛成してもらえなくても、実績を残すことで少しは期待に応えられたと思ったのは、どうやら俺の勘違いだったらしい」

それを支えてくれた陽和は、もう俺の隣にいない。すべてが遅すぎたのだとしても、父と決着をつけなければ俺自身が前に進めない。

「悠斗はとっくにあなたを見限っているんですよ。こうしてこの会社にいてくれるのは、彼の情けだ」

吐き捨てるように言った俺に、兄が追随《ついずい》する。兄には、俺の本心などとっくに見透かされていたようだ。

絶句した父は、それでも鋭い目つきで俺を射抜いてくるが、なにも響きはしない。

父に陽和との関係を知られたら、彼女になにかするかもしれないという懸念があったが、もう遠慮は不要だ。

「パイロットを続けられるのなら、なにもこの会社にこだわるつもりはない。うちとはなんのしがらみのない、海外の会社を選ぶのも躊躇《ちゅうちょ》しない」

「悠斗ほどの腕があれば、引く手あまたですよ。すでにいくつか当たりをつけてありますけど、リストでも見せましょうか？」

それとなくしていた転職の話を、兄はしっかり覚えていたらしい。その用意周到さと援護射撃に心中で感謝しつつ、この会社に未練はないと突きつける。

「とにかく、見合いは受けない。無理強いするのなら、俺にも考えがある」

堂々巡《めぐ》りの言い合いなど、時間の無駄だ。自分の意志は伝えたのだから、あとはこの人がどう出るかだ。

「待て、悠斗。許さんぞ」

身を翻した俺に、父が負け惜しみのように言う。

「ここまできたら、許す、許さないの話じゃないんですよ。——悠斗。ここはいいから、お前はもう行け」

「兄さん、すまない」

喚く父を無視して、そのまま部屋を後にした。

再び職場に戻り、陽和と関わりのあった社員に、彼女について尋ねて回った。俺と陽和の関係を興味津々に探られるのは煩《わずら》わしいが、なりふりかまっていられない。

陽和は最近、体調を崩しがちだったという話を耳にして、それすら気づけなかった自分が情けなくなる。

結局、さらに詳しい話は出てこず、急に退職を知らされたと口をそろえて言うばかりだった。

彼女からの連絡が途絶えがちになったのは、いつからだ？　おそらく、その頃から姿を消す準備をしていたのだろう。

自分の存在が、彼女から好きだったはずの職まで奪ってしまった。その現実に、後悔する資格もないのだと理解した。

陽和は、俺を恨んでいるだろうか。

俺と離れていた方が、彼女にとっては幸せなのかもしれない。そう考えてはみたものの、この先の未来に陽和がいないと想像するだけで、つらくて仕方がない。

ただ、強引に捜し出せばきっと彼女を追い詰めてしまうだろう。

そんなふうに、出だしで躊躇したことがのちのち仇《あだ》となる。

彼女の両親はすでに亡くなっており、それ以外の親類についてはほとんど知らない。よくしてくれた叔母がいると聞いた覚えはあるが、名前もなにも情報はない。

完全に当てがなくなって、焦りが募る。

無心でいられるのは仕事をしているときだけで、ひとたびそれを離れると、陽和の心配ばかりした。

俺が啖呵《たんか》を切ってからも、父は幾度となく呼び出そうとする。いい加減に嫌気がさして、自ら君島サイドにコンタクトを取った。

グループのトップであり、見合い相手の父親でもある君島代表を呼び出した場に、君島咲良まで同席するとは思っていなかったが、ちょうどいい。

この親子には、職場に意図的に根も葉もない噂を流された。そのうえ、娘には頻繁に押しかけられてもいた。おまけに、こちらが苦痛を訴えているにもかかわらず、無理やり身体的な接触を図ろうとする。公衆の面前での振る舞いだ。社員の中にも証言してくれる人はたくさんいた。

念のためにと同伴してもらった弁護士から、君島咲良の言動は〝つきまとい行為〟であるとされ、世間体を気にした父親は顔色が悪くなる。

その後、すぐさま両家の間で話し合いが持たれ、見合いの話はようやく撤回された。

父は俺の勝手な行動が気に食わなかったらしいが、知ったことではない。たとえ血のつながった親子であろうとも、無条件で従うわけではないと理解させられただろう。

そのやりとりとの合間にも、陽和の行方を探り続けていた。

ある遅く起きた休日に、彼女が俺の部屋に持ち込んだ飛行機のレプリカを手に、ふと当時交わした会話を思い起こしていた。

陽和はグランドスタッフの仕事がとにかく好きで、できればずっと続けたいと熱意あふれる様子で語っていた。控えめな性格の彼女だが、仕事に関する話はとにかく饒舌《じょうぜつ》になり、そんな姿を見ている時間を幸せに感じていた。

出会った客とのエピソードを聞かせてくれる陽和はいつも楽しげで、その一生懸命さが眩《まぶ》しかった。

もしかして彼女は、今後もどこかほかの空港で同じ職に就くかもしれない。そう思い至ったら、いてもたってもいられなかった。

なんの根拠のない希望だけを頼りに、訪れた先の空港で彼女の姿を捜し続けた。

そうしてやっと見つけた陽和が、まさか双子の男の子を産んで育てていたなど、想像もしていなかった。

そこで脳裏をよぎったのが、退職をする直前の彼女が体調を崩しがちだったという同僚たちの話だ。

さらに、彼女の反応や子どもの年齢から察するに、おそらく俺の子である可能性が高いのではないか。

たとえそうでなかったとしても、現時点で彼女に決まった相手がいないのならば、子どもも含めて受け入れてみせる。

無責任にそう思っているわけではない。それほどまで、俺は彼女を求めている。

こうしてもう一度会えたのだから、絶対にあきらめはしない。

そう決意して、彼女と子どもたちを自身のもとへ迎え入れる準備をはじめた。

空白の時間を取り戻したい

悠斗さんと再会した日、夜になって双子を寝かしつけると、ことのあらましをおじさんにも説明した。

彼が子どもたちの父親で間違いないが、どうしてもそれを認められなかった心境も素直に明かしたところ、ふたりとも難しそうな顔をした。

「たぶん、悠斗さんも自分の子かもしれないって、察していると思う」

あの場に居合わせた叔母もなんとなくそれを感じたようで、「私もそう思ったわ」と同意した。

「桜庭さんの言動を、仕方がなかったという言葉で、片づけていいのかしら」

「彼の事情もわからんでもないが、そんな隠し事をしていたら、陽和ちゃんが信用できなくなるのも当然だぞ」

「まあねぇ。ただ、今日の様子からすると、桜庭さんも必死だったようだし」

ふたりは私の心情に共感しつつ、悠斗さんにも理解を示す。

「それで、陽和ちゃんはこれからどうしたい？」

叔母に尋ねられて、返答に詰まる。

私たちがすれ違っていたのは、今日の話でよくわかった。あの頃は私だけでなく、悠斗さん自身も追い詰められていたのだろう。

妊娠の事実を隠してきたのもあるし、彼を一方的に責めるばかりではいられないと感じた。

「やり直したいって言われても、よくわからないの」

気持ちの整理がつかず、回りくどい言い方になってしまう。

「ここでの暮らしだってやっと軌道に乗ってきたところだし、今の生活を乱されたくないの。それに、子どもたちの反応もわからないし、本当に彼を信じていいのかも不安だわ」

「つまり、前向きに考えてるのね?」

「え?」

叔母の発言に、どこが?と首を傾げる。

「だってそうじゃない。その気がなければ、あり得ないの一言で終わる話でしょ?」

「奈緒子」

明け透けな物言いをした叔母を、おじさんがたしなめる。

「でも私、子どもの父親だって認めていないのよ」

「彼にとってそれは、二の次なのよ。万が一、自分の子でなかったとしても、受け入れる覚悟があるからこそ、復縁の話をしたんじゃない？」

「そう、なのかな」

彼は、私に子どもがいると知ったばかりだ。冷静そうに見えて、きっと混乱していたに違いない。

「桜庭さんは、今でも陽和ちゃんを愛してるのよ」

悠斗さんに声をかけられた直後は、今さらなんだと腹が立った。でも、いつになく必死な様子の彼に、早々に耳を傾けていた。

出自を隠していたのは、私を怯えさせないため。会えなかったのも、私を安心させるために、自身の問題の解決が先だと動いていたから。そのやり方に不満はあるけれど、彼の行動は一貫して〝私のため〟だった。

子どもたちのことも、戸惑ってはいたものの拒否はされなかった。彼が啓太を抱っこしたのを私が不快に思わなかったのは、叔母にはお見通しだったかもしれない。

ただ、私たちは長く離れていた。その間に私は子どもを産み、大きな変化があった。だから、誤解が解けたからというだけで、すぐに元通りには戻れそうにない。そもそも、私の心がついていかない。

でも、やり直したいと言われて、〝絶対に無理〟だとは言い切れなかったのも事実だ。逆に、私の中にはいまだに彼への思いが燻《くすぶ》っているのだと、自覚させられた。

これほど簡単に気持ちが揺れるなんて、単純すぎるだろうか。

「不信感がまったくなくなったわけじゃないのに、彼を完全には突き放せなかった。もちろん、勝手にあの子たちを産んだ後ろめたさもあって……。でも、それだけじゃない、かな」

どう言ったらいいのか、言葉を探しながら自身の心情を確かめる。そんな私を、ふたりは急かさず待ってくれた。

「あの人の、あんなに必死な様子は初めて見たの」

冷静になって思い返せば、今私の心をかき乱しているのは、彼のそんな姿だ。それだけに、嘘は言っていないと信じられた。

「だから、簡単に関係を断ち切るのは、いけないんじゃないのかって」

「陽和ちゃん、ゆっくり見極めたらいいのよ。彼を受け入れるにしろ、別々の道へ進むにしろね」

「そうだよ。僕たちになんの遠慮もいらない。もちろん、いつまでもここにいてくれても、かまわないよ」

　ここまで言ってくれるふたりの存在が、本当にありがたい。

「彼とは、きちんと向き合ってみる。ふたりとも、本当にありがとう」

　たくさんお世話になっておいて、ほんの一時間ほどの再会で気持ちが揺れてしまうのは薄情だろうか。そんな迷いがどうしても捨てきれないが、子どもたちのためにも、悠斗さんと対峙する覚悟を決めた。


【今日は、話を聞いてくれてありがとう】

　寝支度を整えて、そういえばとスマホを見ると、何通かのメッセージが届いていた。

【子どもたちは、もう寝ただろうか？】

　ざっと見たところ、すべて悠斗さんからだ。探るような内容から、徐々に切羽詰まったものになっていく。

【できたら、返事がほしい】

　もしかして、私からの返信がなかったから心配になっているのか。

【遅くなってごめんなさい。双子はすっかり寝入っています。今日はお話しできてよかったです】

慌てて返信すると、それほど待たずして新たなメッセージを受信する。

【そうか。毎日連絡を入れて、迷惑じゃないだろうか？】

【すぐに返せないかもしれませんが、大丈夫です】

【安心した。ありがとう】

まるで付き合いはじめた当初を彷彿《ほうふつ》させるやりとりに、小さく笑う。

それから悠斗さんは、本当に毎日欠かさず連絡をくれた。併せて彼の、フライトスケジュールまで送られてくる。自分がいつ・どこで・なにをしているのか、二度とすれ違わないように明かしておきたいのだという。

その合間で、困っていることはないかと私を気遣い、子どもたちについても知りたがった。

メッセージのやりとりだけではもどかしくなった悠斗さんが、再会して一週間ほどした頃に初めて電話をかけてきた。

緊張でドキドキしていたが、話しているうちに以前の気安さを思い出していく。

「──最近の春馬は、恐竜が好きみたい。保育園にある本で見たのかな。長い名前を一生懸命覚えようとがんばってるの」

『へえ』

聞き上手な彼に乗せられて、どんどん話が広がっていく。

「啓太は昆虫に興味を持っているみたい。先日なんて、なにかよくわからない幼虫を見せに来たのよ」

虫の苦手な私は、思い出しただけで背中がぞわぞわしてくる。

『ははは。それは陽和にとって災難だったね』

「笑い事じゃないのよ。危うく悲鳴をあげるところだったんだから」

『でも、いろんなものに興味があるのはいいな』

彼から受けた電話なのに、気づけば私の方がたくさん話していた。

『君たち親子について、俺が知りたいんだ』

耳もとで切なげにそんなふうに言われても、どうしていいのかわからないが、困惑した顔を彼に見られなかったのはよかったかもしれない。きっとあの人は、私のそんな反応にまた寂しげな顔をするだろうから。

そんな会話をした数日後、悠斗さんのからの荷物が届いた。

タイミングよく着信したメッセージに、目を通す。

【子どもたちに、プレゼントを贈らせてもらった】

袋の隙間から中を覗くと、昆虫と恐竜の図鑑が入っていた。先日の私の話を受けて、用意してくれたのだろう。

受け取っていいのか一瞬迷ったが、『子どもたちにも受け入れてもらえるように、全力で尽くしたい』という彼の言葉を思い出して、ひねくれた考えは捨てた。

「ふたりとも、プレゼントをもらったよ」

送り主である悠斗さんについて、どう説明すべきかと迷いながら、包みを渡す。

幼い双子は、まだ〝パパ〟という存在をよくわかっていない。下手なごまかしで、後々彼らが傷ついたり不信感を抱いたりするのだけは避けたいが、どうして〝パパ〟がいないのか、いつかは疑問に思うはず。

早速、本を広げた子どもたちを見つめる。

悠斗さんに実の子だと告げないからには、この子たちにも彼をパパだと教えてあげられない。自分が彼に踏み込ませないようにしているのに、それが少しもどかしくもある。

再会した日は、突然すぎて私もかなり動揺していた。どうしても彼に対する反抗や猜疑心《さいぎしん》が拭えずにいたが、冷静に見つめ直してみるべきだと今なら思える。

「春馬、啓太」

図鑑への興味が薄れた頃合いで、声をかける。

「ママ?」

知らずに深刻な顔をしていたのか、啓太が不思議そうに首を傾げた。彼らを心配させないように、慌てて笑みを浮かべる。

「あの、ね。その本なんだけど、ママの大切なお友達が、ふたりにってくれたのよ」

これ以上、なんと言えばいいのか。

「ママ、ああとう」

迷っているうちに、啓太がおぼつかない発音で礼を言う。

「ああとう」

つられるように、春馬も言う。

彼らのお礼を受け取るのは、私ではない。さすがにそれは、悠斗さんに伝えてあげたい。

「あのね、プレゼントしてくれたママのお友達に、ありがとうって言おうか」

「うん」

ふたりの返事が気持ちよくそろったのに後押しされて、悠斗さんにメッセージを送った。

その翌日。仕事が休みの今日は、子どもたちを保育園に預けて、溜まっていた家事を一気に片づけている。

悠斗さんはアメリカから帰国したばかりで、明日から二連休になる。メッセージの返信にあったように、彼は昼過ぎに電話をくれた。

『ふたりとも喜んでくれたみたいで、よかったよ』

「本当にありがとう。啓太なんて、寝起き早々に図鑑を広げて、私が急かさないと着がえもそっちのけになるくらい夢中なの」

今朝の様子を詳しく聞かせてから、本題に入る。

「――それでね、ふたりからも、悠斗さんにお礼を伝えたいんだけど」

『それなら、今度の休みに会いに行ってもいいか？』

「え？」

電話で伝える程度なら、子どもたちに悠斗さんとの関係を明確にしなくてもいいかもしれないと、卑怯にも考えていた。私の中に迷いがある以上、どうしても曖昧な状態で会うことになってしまう。それは双子にとってもよくないだろう。

『ほら、言っただろ？　陽和の信頼を取り戻して、子どもたちとの関係をつくっていきたいと』

「で、でも、あの子たちにとってあなたは……」

父親ではない、と言いかけて口を噤む。肯定する勇気もなかったが、きっぱりと否定するのもできそうにない。

『陽和の子なんだろ？』

「え？」

迷う私に、悠斗さんが優しい口調で語りかけてくる。

『だったら、なにも問題ない。あの子らは、俺の愛する陽和の子だ。それなら当然、俺は彼らのことも大切にしたい』

その気持ちは嬉しいが、心の中は複雑だ。

彼が父親だとは、明言していない。やり直したいと言ってくれたが、それも答えが出せていない。なにもかも中途半端なままで、直接の交流を持ってもいいのだろうか。

『君たち親子に、迷惑は絶対にかけない』

「迷惑だなんて」

『強引なことを言ってる自覚はある。でも、こうでもしないと、俺は君の信頼を勝ち得る努力すらできない』

苦しげな声色に、切なくなる。

簡単に絆されてはいけないと自身を戒《いまし》める反面、ここまで言ってくれる彼の本心を、顔を合わせて確かめたいとも思う。

しばらく逡巡《しゅんじゅん》した後に、意を決して伝えた。

「わかった。後で私のシフトも知らせるね。可能なら、休みを合わせるから」

『ありがとう』

「子どもたちには、プレゼントをくれたのは私の友達だって伝えてあるの。だから、その……」

ごにょごにょと口ごもる私を、悠斗さんがくすりと笑った。

『それでかまわない。実際に、今の俺たちの関係はそんなところだろ？』

私たちの関係性を言い表すのに、しっくりくる言葉が見つからない。あえて言うのならやはり〝友達〟が一番それらしく、幼いふたりも理解しやすいだろう。

「そうだね」

『それなら、友人として、陽和たちのところへ遊びに行かせてもらう』

単にプレゼントのお礼をするだけだったはずが、ずいぶん大きな話になってしまった。ただ、彼としてもメッセージや電話でのやりとりだけでは歯がゆいのもわかる。

私との今後と言われると困ってしまうが、子どもたちとの関係を考えたら、拒否するばかりではいけない気がする。

「私に合わせてくれて、ありがとう」

そうして、悠斗さんが十日後に高松に来ることが決まった。

保育園から帰宅した子どもたちに早速伝えたところ、嬉しそうな反応が返ってくる。

「もうあと十回寝たら、遊びに来てくれるって約束したよ」

十回がどれだけなのかよくわからず、「いつ?」「あした?」と毎日繰り返す。ふたりがいつも大事そうに抱えている本をくれた人だという時点で、悠斗さんのことは大歓迎らしい。

いよいよ当日になり、子どもたちは朝から興奮していた。

「ママ、まぁだ?」

「もうくりゅ?」

同じことを何度も尋ねるふたりがおかしくて、苦笑する。

「お昼ご飯を食べたら、空港に迎えに行こうね」

今回悠斗さんはこちらで一泊する予定だが、あいにく大規模なイベントがあるようで、近隣のホテルはすべて満室になっていた。

『日帰りになっても、約束は必ず果たすから』と言う悠斗さんに、さすがにそれは大変だと、叔母夫婦が自宅に泊まるように勧めてくれた。

楽しみにしている子どもたちだが、実際にはほぼ面識がないのだから、いざ対面したら緊張するかもしれない。そこでまずは、空港に隣接する遊戯施設で遊ばせて、悠斗さんに慣れてもらおうと計画した。

「そろそろ出発しようか」

私の掛け声に、ふたりはいつになく張り切って準備をする。

「春馬、靴の右と左が反対になってるよ」

いつもなら手出しをされるのを嫌がり、履き違えていようがそのまま外へ行ってしまう春馬も、今日は様子が違う。私の指摘に、慌てて履き直した。

玄関でやりとりをしている間に、叔母が見送りに出てきてくれた。

「ふたりとも、楽しんでおいでね」

「「うん！」」

「叔母さん、行ってくるね」

ふたりが待ちきれないと、私の手を引く。

「はいはい。夕飯は、みんなで食べるように用意しておくわね」

「ありがとう」

挨拶もそこそこに、双子に急かされて車に乗り込んだ。

見慣れた道中なのに、ふたりはいつも以上に騒がしい。これほど期待している姿を悠斗さんが見たら、きっと喜ぶだろう。

「さあ着いた。降りるよ」

抱っこをねだりがちな啓太も、今日はそんな素振りをいっさい見せない。ふたりの小さな手を取って、ゆっくりと歩きだした。

「どこ？」

「まだ着いてないかな」

幼い子を連れて人の多い場所を歩くのは、迷子になったり他人にぶつかったりする危険が高い。あらかじめ悠斗さんと約束していた通り、少し離れたベンチに座って、彼の到着を待つ。

周囲をきょろきょろと見回すふたりの足が、ぶらぶらと楽しげに揺れる。

「春馬君、啓太君！」

声がしてそちらを向けば、笑みを浮かべた悠斗さんが早足に近づいてきた。

「待たせてしまったかな？」

目の前で足を止めた彼は、長身を屈めてふたりと視線を合わせた。

大はしゃぎする春馬に対して、ここにきて緊張したのか、啓太は私に体をすり寄せてくる。

「こんにちは」

「こんちは！」

悠斗さんの挨拶に、すぐに返したのは春馬だ。

事前に双子の性格を教えてあったのもあり、すぐに見分けがつく。

「春馬君、だね？」

「うん」

初対面にもかかわらず、春馬はまったく警戒していない。

「啓太君も、こんにちは」

「ん」

チラリと悠斗さんを見た啓太は、すぐさま私の胸もとに顔をうずめてしまう。さっきまで、あれほどわくわくしていたのに、いざ本人を目の前にして恥ずかしくなったのだろう。

「ふたりとも、この人がママのお友達で、本をくれた人なのよ。ほら、伝えたいことがあるのよね」

「うん。おーたん、ああとう！」

「お、おーたん⁉」

慌てて春馬の袖を引く。

「もしかして、おじさんって言ったのかな？　そうだよなあ。春馬君たちからしたら、そんなもんだよな」

彼が気分を害した様子はなく、笑いながら春馬の頭をひとなでした。

「啓太」

もじもじする啓太を、そっと促す。

「ああとう」

「ああ、どういたしまして」

言い終わるや否や、再び私の胸もとに顔をうずめてしまった啓太の頭も、悠斗さんは優しくなでてやった。

「ふたりとも、お土産を持ってきたよ」

鞄の中を探る悠斗さんに、待ちきれない様子で春馬がベンチを降りて近づく。それにつられた啓太も、顔を上げた。

「ほら、どうぞ」

「わぁ」

取り出したのは、飛行機のぬいぐるみだった。春馬は声をあげ、啓太はさらに身を乗り出している。

大喜びするふたりを横目に、悠斗さんが体を起こした。

「陽和、迎えに来てくれてありがとう。断りもなく買ってしまったが……大目に見てくれるか？」

ふたりの持つぬいぐるみに視線を走らせる。

「もちろん。ありがとう」

やみくもにほしがるものを与えられるのは困るけれど、子どもたちとの関係を築いていくきっかけにするくらいはかまわない。

「じゃあ、行こうか」

啓太を立たせて手をつなぐ。春馬の方は、悠斗さんがつないでくれた。その流れがあまりにも自然で、春馬本人もにこにこしている。

悠斗さんは、啓太の存在も決して忘れていないと示すように、もう一度彼の頭をなでてから歩きだした。

空港の隣にある遊戯施設は、広い公園にサイクリングロードもあり、さらに室内の遊び場も充実している。ここへは数回来ており、子どもたちの大好きな場所だ。

「おーたん、しゅーしよ」

ん？と首を傾げる悠斗さんに、説明をする。

「ふたりとも、あの大きな滑り台が大好きなの」

「ああ」

遠くに視線を向けた悠斗さんが、あれかと納得した。

「いいぞ。一緒に滑ろうか」

「うん」

ダイナミックな遊具のため、子どもたちだけで滑らせるのは危険だ。

「啓太君も、滑ろうな」

「ん」

外遊びの誘惑に、啓太の緊張も少しずつ解れていく。

ふたりの「もっかい！」の声で繰り返し滑る中で、さりげなく私と悠斗さんが入れ替わった。すっかり興奮していた啓太は、自分の手をつないでいるのが悠斗さんになっているなど、まったく気づいていないようだ。

それから平均台のような丸太の上を横で手をつないでやりながら歩き、ブランコにも一緒に乗った。

全力で遊び、疲れてきたタイミングでガゼボに腰を落ち着ける。

「公園なんて、久しぶりに来た」

ふたりに振り回されてきっと疲れているだろうに、彼の表情は生き生きとしている。

いつもクールな印象の悠斗さんが、子どもたちと一緒になって駆け回る姿は新鮮だった。

「男の子がふたりもいると、いつもこんな感じで大変なの」

当然まだまだ目が離せないし、ふたりからの強い要望に同時には応えてあげられない。順番だと言い聞かせても、幼い子どもにとって、楽しいことを目の前にしたら我慢をするのも難しい。それで泣かれてしまうと、罪悪感を抱く。

それが今日は、悠斗さんがいてくれたおかげで、ずっと笑顔で過ごせている。

たとえばこの場に一緒に来たのが叔母だったとしても、ふたりはきっと同じようにはしゃいだだろう。でも、成長するにつれて、ほかの子の隣には父親がいると気づくはず。そういったとき、私はいったいなんと答えたらいいのだろうか。

シングルマザーになって子どもを育てていくと決めたからには、父親の分も自分がカバーしていくと覚悟をしていた。けれど、それは自分本位な考えにすぎなかったのかもしれない。

これまでの私は、双子たちに父親の存在を知る選択肢を示していなかった。それはこの子たちがまだ幼いからというのもあったが、そうでなくても、私は悠斗さんの存在をいつまでも隠そうとしていた。そこに子どもたちの意思は少しも含まれていない。

あの頃の真相を知ったからというだけでなく、血のつながりがある以上、本当に黙ったままでいいのか迷いが大きくなる。

「ふたりも、たくさん遊べて満足したみたい。来てくれて、本当にありがとう」

ともかく、感謝の念だけは素直に伝えておきたい。

遊び疲れた子どもたちは、すでに眠そうな目をしている。座るのもおぼつかなくなった春馬を、悠斗さんが膝の上にのせて抱いている。啓太は私が支えた。

しばらくすると、ふたり同時にすっかり寝入ってしまった。

「俺の訪問をこうして受け入れてくれて、本当に嬉しいよ。ありがとう」

わずかに震えた声に、彼の複雑な心情が垣間見える。

悠斗さんを責めていた負の感情は、自分でも戸惑うくらい早々に薄れている。けれど、不信感が完全になくなったわけではない。一歩踏み込むのは、私にとってまだ怖えてきたこともたくさんある。

傷つくのは私だけではない。双子たちまで巻き込んでしまう。

ふたりを守るためにも軽率に判断は下せないが、こうして彼の訪問を受け入れて見

悠斗さんを信じて受け入れた後に、再び離れ離れになるような事態が起きたとき、

さがある。

「少なくとも私は、悠斗さんがここへ来るのを歓迎しているわ。もちろん、子どもたちも。ずっと楽しみにしていたようで、今朝も早くから起きて張り切ってた」

紛れもない本心で、その気づきはとても大きかった。

「そうか」

悠斗さんは、春馬の頭をなでながら嬉しそうに微笑んだ。

この短時間の様子を見ていて、私と悠斗さんとの関係と、子どもたちと悠斗さんとの関係を同じに考えてはいけないと実感した。彼が父親であることには違いなく、それは私の感情だけで否定してはいけない事実だ。

「──なあ、陽和。この子たちは、俺の子なんだろ？」

まるで私の心中を見透かしたように、さらりと尋ねられる。

「……うん、そうよ」

迷ったのはほんの一瞬で、驚くほどするりと認めてしまえた。

目を見開いた悠斗さんは、次の瞬間、泣き笑いのような表情になる。

「そうか。俺の子なんだな」

彼はそうつぶやきながら、自身の腕の中で眠る春馬の髪に顔をうずめた。

「知らなかったとはいえ、ここまでなにもしてやれず、すまなかった」

「ううん。話さなかったのは、私だから」

謝罪は必要ないと、首を横に振る。

「陽和たちをずっと放置しておいて図々しいかもしれないが、ふたりには俺が父親だと認識してもらいたい」

「図々しいだなんて、思ってないわ。勘違いしてすべてを断ち切ったのは私なんだし、そこについては悪い感情は持っていないの。もう、必要以上に思い悩んでほしくない」

ふたりを産んで育てると決めたのは私自身だ。だから、彼が気に病むことなどなにもない。

それに、再会したあの日、彼は私をずっと捜していたと言っていた。だから、決して放置していたわけではない。

「ありがとう」

「私ね、この子たちを産んだことに、少しの後悔もないの。ふたりの男の子の母親をしていたら、引っ込み思案でなんていられなくて。この子たちのおかげで、私は成長できた。だから心から、産んでよかったって思ってるの。そこは、悠斗さんにもわかっていてほしい」

必死に話す私に、悠斗さんが「そうか」とうなずく。

「たしかに、陽和はずいぶん変わったな。再会したときから思っていたが、いい意味で逞しくなった。そんな君もまた魅力的だ」

「なっ」

まさかの甘い返しに、途端にたじたじになる。どうしていいのかわからず、啓太の髪に顔をうずめた。

「そういうかわいい反応は、以前のままだ」

さらに追い詰められて、頬が熱くなる。くすくすと笑う悠斗さんが恨めしい。

「安心した。君が、君のままでいてくれて」

どういう意味か、視線で彼に問いかける。

「すっかり見限られて、目も合わせてもらえないかと思っていたから」

「そ、そんなわけないわ」

でも、彼にそう思わせるほど、別れの言葉はかなり辛辣《しんらつ》なものだったかもしれない。

悠斗さんはあのときの私の態度に、ずっと苦しめられてきたのだろう。

「あの日、ずいぶん嫌な言い方をしてしまって、ごめんなさい」

「いや。俺が悪かったんだ」

これ以上、蒸し返すべきではない。そう彼の表情から察して、口を噤んだ。


その後、双子が目覚めてもうひと遊びをする中で、悠斗さんに肩車をされる春馬を見た啓太は、「けいたも!」とおねだりした。

「もちろん。おいで」

あれだけ私にしがみついていた啓太が、振り返りもせず悠斗さんに近づいて腕を伸ばす。そんな彼の変化に気づいた悠斗さんは、私と視線を合わせて幸せそうに頬を緩めた。

存分に遊んで、そろそろ帰宅しようと車に乗り込む。

「陽和の運転する車に乗るなんて、なんか新鮮だな」

彼は運転を申し出てくれたけれど、ここは通い慣れている私がハンドルを握る。

「こっちに来て、必要に迫られて練習したの。狭くてごめんね」

「問題ないよ。今回は陽和に甘えてしまったが、次に来るときはファミリーカーをレンタルして、少し遠出もできるといいな」

この先の私たちがどう落ち着くのかなにも決まっていないのに、こうして過ごす機会がまたあるのだと言われて、心が温かくなる。

自宅に到着して双子を降ろすと、ふたりは我先にと悠斗さんと手をつないだ。

「こっち！」

「けいたも」

自分が案内したいと春馬が悠斗さんの手を引っ張れば、啓太も反対側で同じようにする。まるで取り合いのようになっているが、決して仲違いの雰囲気はない。

「まずは、じいじとばあばを紹介してくれないかな？　挨拶をしないとな」

「「うん」」

子どもに合わせた言葉遣いになる悠斗さんが、なんだか意外だ。彼なりに、双子たちに近づこうとしてくれているのが伝わってくる。

「ばあばー」

玄関に入ると、二階に向かって春馬が大きな声で叔母を呼ぶ。少しして、おじさんと共に玄関まで出てきてくれた。

「あらためまして、桜庭悠斗と申します。お世話になります」

「遠いところから、よく来てくれました」

おじさんの言葉に、叔母がうなずく。

「あらあら、ふたりともお土産をもらったのかしら?」

ふたりの空いている手には、悠斗さんにもらった飛行機のぬいぐるみがしっかりと握られていた。

「そう!」

「うん」

自慢するように、飛行機のぬいぐるみをそろって前に突き出す。

「まあ、いいわね。さあさあ、中に上がってもらおうね。——桜庭さん、お話があるでしょうが、まずはこの子たちに合わせて一緒に過ごしてやってくださいね」

「ご配慮、ありがとうございます」

あらかじめふたりにもお願いしておいた通り、大人同士の話は子どもたちが寝静まってからになる。

叔母たちとはひとまず別れて、四人で一階に入る。おやつを用意する間、悠斗さんにはふたりの相手をお願いした。

「うんとね、ねんね、こっち」

「おもちゃ、こっち」

早速、部屋の案内がはじまったようだ。春馬は寝室のドアを開け、啓太は自慢するように玩具を見せている。そんな張り切る姿に、くすりと笑いをこぼした。

「ふたりとも、おやつを食べようか」

子どもたちに手を引かれた悠斗さんも一緒に食卓に着いた。

少々雑に手を合わせた双子は、待ちきれない様子でおやつに手を伸ばす。

「ふたりは、ここで育ったんだな」

室内を見回しながら、悠斗さんがしみじみとつぶやいた。

「空いていた下の階を、私たち用に開放してくれて」

「ありがたいな」

悠斗さんの声音にもの寂しさを感じて、なんとなく視線を下げた。彼もきっと、ふたりの成長を見守りたかったと思ってくれているのだろう。

「そうだ。夜はどこで寝てもらおう……」

切り替えるように発した疑問は、少しだけ気まずい内容だったと、声にしてから気がつく。

「陽和は、子どもたちと一緒に寝ているんだよな？」

「う、うん」

「じゃあ、俺もそこに交ぜてもらおうかな。春馬君、啓太君。今日はふたりと一緒に寝てもいいか？」

あえて明るく言ってくれたのか、わずかにあったぎこちなさが霧散する。

「「うん！」」

見事に返事がそろった双子に、悠斗さんが笑い声をあげた。

「だ、そうだ、陽和」

「じゃ、じゃあ、今夜は四人で寝ようか」

おやつの後は、双子の相手をしながら家事を片づけていく。

機嫌のいいふたりはお手伝いにも意欲的で、洗濯物を取り込んでいると手伝ってくれた。そこに悠斗さんも加わった四人で過ごす時間は、心地よさすら感じる。

それから、夕飯作りの手伝いのために私だけ席を外していたけれど、戻ってみれば啓太は胡坐《あぐら》をかいた悠斗さんの足の上に座り込み、春馬は背後から彼の背によじ登っていた。三人の前には、昆虫の図鑑が広げられている。

「すっかり仲良くなったのね」

「ああ」

悠斗さんの訪問を受け入れて、本当によかった。

相手の言い分も聞かないまま、自ら関係を絶ってしまったのは私だ。空港で再会したときだって、刺々《とげとげ》しい態度で拒絶しており、私の印象は最悪だったはず。

そんなふうに頑なになる私を、悠斗さんは愛想をつかすことなく解きほぐそうと心を尽くしてくれた。

そして今、いっさい知らせていなかった子どもたちの存在を、彼は進んで受け入れて自ら関わろうとする。

早まった決断はできないが、これからもこういう交流が持てたら——と、三人の楽しげな表情を見て願ってしまう。

その後、夕飯の時間になって二階に上がった。叔母夫婦と共に囲む食卓は、双子のおしゃべりが活発で賑やかな時間となった。

「えっとね、しゅーしてね」

「たかい、した」

滑り台を一緒に滑ったり、肩車をしてもらったりしたと、ふたりとも今日の出来事を、瞳を輝かせながら競うようにして語る。食器を片づけている背後から聞こえたそんな会話に、ふたりがいかに楽しんでいたのかを感じて頬が緩んだ。

「そうなの。それはよかったわね」

「じいじも行きたかったなあ」

叔母とおじさんは慣れたもので、興奮してますますたどたどしくなる双子の言葉をうまく拾い上げながら相槌《あいづち》を打つ。

それから、頃合いを見計らってそろそろ二階へ下りるように双子を促した。

「「おすみ」」

ふたりはおやすみの挨拶をして、悠斗さんに支えられながら階段を下りはじめる。

「陽和ちゃん」

後に続こうとした私を、叔母がそっと呼び止めた。

「うまくいっているみたいで、安心したわ」

「うん。実は今日、父親は悠斗さんだって、本人に打ち明けたの」

私の報告に、叔母が満面の笑みを浮かべる。

「そう。よかったわ」

「まだどうなるかはわからないけど、親子であることはちゃんと知らせるべきだって納得したから」

「そうね。また後で、話を聞かせてね」

一階に下りて、子どもたちの寝支度に取りかかる。

悠斗さんたっての希望で、お風呂は三人で入ることになった。

いくら子どもに抵抗がないようでも、お世話には慣れていない。いつもはどうしているのかを説明していると、「はるま、できりゅ」と割って入ってきた。

「そう。じゃあ、春馬も啓太も、できることは自分でやろうね」

まるでスキップでもしだしそうな勢いの子どもたちを悠斗さんに任せて、着がえと布団の準備をする。

しばらくして、浴室から明るい笑い声が聞こえてきた。シャンプーが苦手なふたりだけど、今日はなにをしていても楽しいらしく、むずかる声はまったくしない。

お風呂から出ると、水気を拭くのもそこそこに、裸のまま部屋中を走り回る春馬を追いかける。その間に、悠斗さんは啓太の世話を手伝ってくれた。

「さあ、寝るよ」

子どもたちを、布団の真ん中に並んで横たわらせ、私と悠斗さんがそれぞれ外側に寝そべる。悠斗さんがいるという、いつもと違う状況に興奮したふたりをなんとか寝かしつけて、そっと茶の間に戻った。

「叔母さんたちは、もう少ししたら下りてくる約束になってるの」

「そうか」

双子の眠る隣室へ視線を向ける。

「案外、すぐに打ち解けられたね」

「そうだな。正直、どう接していいのか不安だったが、受け入れてもらえたようだ」

「そう？　最初から、ずいぶん馴染んでいるように見えたわ。子どもたちも喜んでくれてよかった」

笑みを浮かべた私に、悠斗さんが真剣な眼差しを向けてくる。

「陽和は？」

「え？」

「陽和は、俺のいる時間を楽しんでくれたか？」

双子たちが寝静まった今、悠斗さんとふたりきりだと意識して、鼓動が早鐘を打ちだす。

昼間とは違う静かすぎる室内に、急に緊張が高まった。

「も、もちろん」

わずかにうろたえた私を、悠斗さんが小さく笑う。

「こういう恥ずかしがりやなところも、あの頃のままだ。好きだよ、陽和」

「なっ」

突然の告白に言葉が出ず、無意味に口をぱくぱくとさせる。

「あの子たちを産んで、ここまで育ててくれて、本当にありがとう」

立て続けに向けられた言葉に、どう反応していいのかわからずあたふたする。

そうしているうちに、叔母夫婦の足音が聞こえてきて、悠斗さんがさっと立ち上がった。

「待たせてごめんなさいね」

ふたりが姿を現すと、彼はその場で深々と頭を下げた。

「お時間をくださり、ありがとうございます」

「いいのよ、そんなに畏まらなくても」

「大まかな話は聞かせてもらっているけど、君ひとりを責めればいいというわけでもないようだしな」

私が頼った当初から、ふたりから悠斗さんを非難する言葉は一度だって出ていない。むしろ、私が彼になにも明かさずにいたのを気にかけ、いつか悠斗さんの話を聞けるといいと言い続けてきた。それだけに、彼の来訪を歓迎してくれている。

悠斗さんの口から、あらためて当時の話を聞かせてもらう。

「——私の父の勝手な行動と、自分の中にあった、陽和さんなら信じて待ってくれるだろうという驕《おご》りが招いた結果です。あの頃、なにをおいてもまず陽和さんと話をするべきだったと、後悔しています」

「そうかもしれんが、こうしてもう一度出会えたんだ。よかったじゃないか」

おじさんの横で、叔母がうなずいて同意する。

「ありがとうございます。おふたりには、私が至らなかったために負担をおかけして……」

「あら、それはいいのよ。陽和ちゃんは私の大事な姪だもの。それにね、私たちはあきらめていた子育てに関わらせてもらえて、本当にありがたかったのよ」

叔母の言葉に、おじさんがうなずく。

「そう言っていただけると、少しだけ気持ちが軽くなります」

悠斗さんがほっとした表情になった。

「それで？　今後はどうなりそうなのかしら」

好奇心を隠そうとしない叔母を、おじさんが肩を叩いてたしなめる。

「私の気持ちは、当時から変わりません。陽和さんが受け入れてくれるのなら、すぐにでも彼女と結婚したいと思っています」

「じゃあ、あとは陽和ちゃん次第なのね。子どもたちはすっかり懐いているようだし」

「え、えっと」

三人の視線が私ひとりに集まり、居心地の悪さにもぞもぞと体を揺らした。

「今すぐにっていうのは無理だけど、その、前向きに検討をさせていただくというか……」

まだ断言はできないが、彼を本当に信頼できると思えたら、家族になるという道もあるのかもしれない。

言葉を濁しながら視線を泳がすと、テーブルの下で組んでいた両手に悠斗さんの手がそっと重ねられる。

「そう！」

叔母の明るい声に、ドキリと胸が跳ねた。

「じゃあ、私たちは邪魔しちゃ悪いわね」

おちゃめな口調と言い回しは、きっとわざとだ。

「あなた、あとはふたりに任せましょう」

「そうだな」

いつもは叔母を止める側に回るおじさんまで悪ノリをする。そのまま、言葉をかける間もなく、早々にふたりは立ち上がった。

「おやすみなさいね」

二階に引き上げる後ろ姿を力なく見送る私の肩に、悠斗さんの手が添えられる。

彼の方を見る勇気はなく、視線は自身の手もとに落とした。

「陽和」

悠斗さんの手に、わずかに力がこもる。

「ありがとう。前向きに考えてくれて」

その言葉を否定はしないけれど、繰り返されるとなんだかいたたまれない。

近すぎる距離を意識して、一気に鼓動が速くなる。

「抱きしめても、いいかな?」

「へっ」

驚きに声が裏返った。

「ごめん。我慢できない」

体を引き寄せられて、逞しい腕に囲われる。

「陽和、愛してる」

掠れた低音と懐かしい温もりに、胸の中が温かくなる。その心地よさに、拒否する気持ちはわいてこない。

そのまま身動きできないでいると、しばらくしてそっと体を離された。

「今日、子どもたちと一緒に過ごして、彼らの父親として認められたいと強く思った」

真剣な口調で語りだした悠斗さんを、ようやくチラリと見る。

「あの子たちが俺を受け入れてくれるのなら、近いうちに自分が父親だと伝えたい。だめか？」

「そんな、だめだなんて。悠斗さんが父親であるのは紛れもない事実だから、教えるのは当然よ」

それに反対する変な意地はもうない。

「ありがとう、陽和」

それから、悠斗さんに双子のことをもっと知ってもらいたくて、アルバムを取り出した。

「これが生まれた二日後に、病院で撮ってもらった写真だよ」

「へえ。ぐっすり眠ってるな」

「双子とわかったときから、帝王切開での出産になるって決まってたの。出産直後に、一日だけNICUに入ったけど、問題なくてほっとしたわ」

ふたりが生まれた日から今日まで、本当にあっという間だった。

「それでね」とページをめくろうと持ち上げた腕を、悠斗さんがぱっと掴む。

「ちょっと待って、陽和。出産は手術になったのか？」

「え？　ええ、そうよ。双子の場合は、予定日より少し早めに帝王切開で出産するケースが多いみたい。お世話になった病院の方針もそうだったし」

黙り込んでしまった悠斗さんの顔を、そっとうかがう。

「悠斗さん？」

「いや、すまない。自然分娩だって大変だろうに、さらにと思ったら……。そばにいて、支えてやりたかった」

掴んでいた腕を放し、手をそっと包み込み直す。彼はそのまま、私の肩口に顔をうずめた。

出産は、私がひとりで決めたこと。だからそこに、彼が申し訳なく感じる必要はない。繰り返しそう伝えるように、空いていたもう片方の手を彼の腕に添えた。

「すまない。あの子たちと陽和の話を、もっと聞きたい」

気持ちの整理がついたのか、ようやく顔を上げた悠斗さんがアルバムをめくる。

「先に歩くようになったのは春馬で……」

歩けるようになったはずの啓太が、それでも抱っこをせがむ甘えん坊ぶりに、悠斗さんが「あの子らしい」と笑みをこぼす。

「ふたりは、食べ物の好き嫌いがほとんどないのよ」

彼に請われるまま、写真でたどりながら話しているうちに、すっかり忘れていたようなエピソードもよみがえってくる。

「——でね、保育園に迎えに行ったとき、春馬が空き容器を手にして自慢げに見せてきたと思ったら、中にミミズが入っていたの。なんとか悲鳴はこらえたけど、さすがにミミズは……」

「ははは」

声をあげて笑う彼に、唇を尖らす。

「テントウムシとかバッタくらいなら、私でも触れるようになったのよ」

話し込んでいるうちに、あっという間に時間が過ぎていく。

まだまだ教えてあげたい出来事がたくさんあるし、彼の話も聞きたい。会えなかった時間を埋めるには、今夜だけでは全然足りそうにない。

「陽和。また必ず会いに来るし、電話もする。だから今夜は、そろそろ寝ようか」

「そうだね」

寝室のドアを開けると、双子にかけてあったはずの布団はまったく違う場所に蹴飛ばされていた。それどころか、春馬は百八十度回転しており、さらに啓太の足がお腹の上に乗っている。当然のように、枕は行方不明だ。

「すごい寝相だな」

あまりの惨状に、悠斗さんが唖然とする。

「毎日こんな感じなのよ」

ずいぶん重くなったから、抱き上げて直してやるのもひと苦労する。悠斗さんも、私の隣で膝をついて手伝ってくれた。

「蹴られないといいんだけど」

「ははは。それはそれで楽しそうだが……」

本気でやられた経験がないから言えるのだと、恨みがましく彼を見る。

「いや、そうだな。ふたりとも、おとなしく寝てくれよ」

珍しくたじろいだ悠斗さんに満足して、端の布団に潜り込む。悠斗さんも同じように、反対の端に横たわった。

「おやすみ」

「おやすみなさい」

彼に別れを告げて以来、こんなふうに過ごす日が来るなど考えてもみなかった。

会いに来ると言われて最初は躊躇したが、受け入れたのは正解だ。

子どもたちの規則正しい寝息を耳に、昼間の楽しそうな表情を思い浮かべながら瞼を閉じた。

翌朝になって目を覚ますと、啓太の姿は私の足もとにあり、春馬に至っては悠斗さんの腕に完全に乗っかっていた。

すでに起きていた悠斗さんが私に気づき、ふたりの様相に苦笑する。身動きが取れず、困っていたのだろう。

春馬をそっとどけて、啓太ももとの位置に戻してあげたが、まだ目覚める様子はない。子どもたちを起こしてしまわないように、ふたりでこっそり寝室を抜け出した。

手早く身支度を整えて、朝食の準備に取りかかる。

「帰りは、昼過ぎの便だったよね?」

「ああ」

おにぎりを握りながら、隣で同じように手伝う悠斗さんに尋ねる。

「じゃあ、午前中は子どもたちと遊んで、お昼はおすすめのうどん屋さんがあるから、そこで食べようかな」

「それは楽しみだな」

彼が帰るまでの予定を確認していると、双子たちが起きだしてきた。

「おはよう」

先に手の空いた悠斗さんが、ふたりを出迎えに行く。

「おーたん！　おおよう」

一瞬きょとんとした春馬は、昨日のことを思い出して笑顔になる。

「まぁま」

寝起きの啓太は、甘えん坊になる日が多い。きっと一夜明けて、悠斗さんに対する警戒がぶり返しているのだろう。

「おはよう、啓太」

「おおよ」

目をこすりながら、私に向けて手を伸ばしてくる啓太を、悠斗さんが微笑ましく見つめる。

「お顔、洗ってこようね」

まだひとりでは難しく、悠斗さんに補佐をお願いする。

「ほら、啓太も行っておいで。春馬、一緒に連れていってあげてね」

「うん」

私の声かけに元気に返した春馬は、右手で悠斗さんの手を掴み、左手は啓太とつないだ。

その間に、朝食を仕上げてしまおうとスピードを上げる。

朝はいつも、おにぎりとちょっとしたおかずを用意している。私の不規則な勤務体系でふたりを振り回さず、規則正しい習慣を身につけさせようと思うと、時間との戦いになる。

今日は、ふたりの好きな卵焼きとウィンナーを焼いた。その横に、ブロッコリーのお浸しを添える。

食事も着がえも、こちらからお願いしなくても悠斗さんが率先して手伝ってくれて大助かりだ。関わり方が自然で、啓太もすぐに警戒を解いた。

「今日はね、悠斗さんと一緒に公園で遊ぼうか」

「うん！」

ふたりの支度が整った頃に提案したところ、春馬が嬉しそうに賛成する。その隣で、啓太が不思議そうな顔をした。

「おーたん、おまえ」

「どうした？」

啓太の顔を覗き込む悠斗さんを見て、ハッとする。

「もしかして、お名前のこと？」

私が尋ねると、啓太がコクリと首を縦に振った。

「ふたりが聞いている前で、呼ばなかったかな？」

つぶやきながら悠斗さんと顔を見合わせたけれど、お互いにそこまで覚えていない。

でも、彼について明かすいいタイミングかもしれない。

「えっとね、啓太、春馬。ママのお友達の名前は、悠斗さんっていうのよ」

「うぅとたん？」

「そう、悠斗さんだよ」

発音が難しいらしく、何度言ってみても〝うぅとたん〟になる。

「悠斗さん、話していいかもしれない。難しい発音をさせたり、おーたんって言い続けたりするより、その……」

「陽和がそう判断したのなら、かまわないよ」

今が最善なのかどうかはわからない。でも、悠斗さんに懐くふたりを見て、事実を教えてあげたいと、私の気持ちも大きく傾いていた。

しゃがんで、子どもたちと視線を合わせる。その隣で身を屈めた悠斗さんが、私の肩にそっと手を添えて勇気づけてくれた。

「あのね、春馬と啓太は〝パパ〟ってわかる？」

「パパ？」

不思議そうにつぶやく春馬の横で、啓太はなにかを思い出しているようだ。

「うんとね、まあくんね、あのね、おむかえなの」

一生懸命話してくれる言葉から、啓太の言おうとしている内容を想像する。

「もしかして、まあ君はパパがお迎えに来たのかな？」

「うん」

啓太は〝パパ〟について、これまでなにも言ってこなかった。でも、保育園に通っていればその存在に触れる機会はあるのだから、漠然と父親という存在に対する疑問が芽生えていたのかもしれない。

「あのね、春馬と啓太の家族には、ママとじいじとばあばがいるでしょ？」

「うん」

「遠く離れて暮らしていたからなかなか会えなかったけど、ふたりにもパパがいるんだよ」

パパがどういう存在かまでは、わかっていないだろう。それはこれから、悠斗さんと関わっていく中で伝えられたらいい。

「悠斗さんはね、春馬と啓太のパパなんだよ」

「パパ？」

春馬のつぶやきは、さっきよりも熱がこもっている。

「そう。だからね、パパって呼べるといいかな」

「おーたんパパ！」

「春馬君、おーたんはなしな」

初めて呼ばれた悠斗さんが、照れた笑いを浮かべる。

「パパ」

啓太も、遠慮がちに呼ぶ。

「ふたりとも、呼んでくれてありがとう」

左腕で春馬を、右腕で啓太を抱きしめた悠斗さんは、その間で顔をうつむかせた。

発した声は少し震えており、それにつられて私も目頭が熱くなる。

ふたりが、私を初めてママと呼んでくれた日が思い出される。赤ちゃんのお世話に追われて疲弊する中で、すべての疲れが吹き飛ぶほどの喜びを感じた。

きっと今の悠斗さんも、そんな温かな幸せを噛みしめているのだろう。

それからふたりは、悠斗さんを戸惑いなく〝パパ〟と呼びはじめた。

四人で手をつないで、自宅からほど近い公園に出かける。子どもたちは慣れたもので、到着するとそれぞれ駆けていく。

それを、悠斗さんと肩を並べてゆっくりと追いかけた。

「もう少し長めの休みがほしかったな。時間があれば、ふたりを遊園地や動物園なんかにも連れていけたんだが」

「それも楽しそうだけど、まずはこうやって慣れた場所で、存分に悠斗さんに甘えさせてあげられたのはよかったと思う」

悠斗さんの視線を感じながら、砂場でしゃがみ込むふたりを見つめる。

「そうだな。この先も時間はあるんだ。焦らずじっくり付き合っていけばいいんだな」

持参したバケツに入れた水を、砂に少しずつ足してやる。ふたりは汚れるのもかまわず、スコップで掘り返したり、ぎゅっと固めたりして遊びはじめた。

ある程度好きにさせてから山を作ろうと提案すると、ふたりとも大張り切りで砂を盛っていく。出来上がった山に、悠斗さんが率先してトンネルを掘りはじめた。

「お、今のは啓太の指か？」

彼と向かい合わせに座り込んだ啓太が、穴に手を差し入れていた。悠斗さんに触れられて一瞬ビクッとしたが、手だと理解して「てて」と大はしゃぎする。

親しげに名前を呼ばれたことには、まったく気づいていないようだ。

「はるまも！」

「啓太、交代してあげようね」

ふたりが入れ替わり、春馬も穴に手を入れる。

「春馬の指も見つけたぞ」

「すごぉい！」

こうやってふたりの中に、悠斗さんとの楽しい思い出が積み上げられていくのが嬉しい。

その後も、ブランコに乗ったり一緒に虫を探したり、目いっぱい遊んでいるうちに、あっという間に帰宅する時間になる。

「ふたりとも、おうちに帰ってお着がえをしないとね」

「パパ、抱っこ」

遠慮なく悠斗さんに甘える春馬に、啓太も真似てついていく。それでも時折、私を振り返るところがいかにも啓太らしい。

帰宅して支度が整い、車で空港へ向かった。行き先を知った子どもたちは、悠斗さんがくれた飛行機のぬいぐるみを持ち出してきている。

「実はな、パパはパイロットっていって、飛行機の運転手をしているんだ」

そう言いながら、悠斗さんはふたりの手にしていたぬいぐるみにつんと触れた。

「「ひこうき！」」

ふたりそろって、瞳をキラキラと輝かせる。

「いつか、ふたりをパパの運転する飛行機に乗せてやりたいな」

早速、春馬が「今がいい」と言うのに苦笑しながら、「いつか、絶対にな」と約束をした。

それから、予定通りうどん屋で昼食を済ませて、いよいよお別れの時間だ。

彼が帰ってしまえば、私ひとりでふたりを見なければならないため、子どもたちはベビーカーに乗せている。四人で出発ロビー付近へ行き、その片隅で立ち止まった。

「陽和、二日間ありがとう」

「悠斗さんも、来てくれてありがとう」

「また連絡するから」

「うん」

ベビーカーの正面に回った悠斗さんは、膝をついて子どもたちと視線を合わせた。

「春馬、啓太。今日はこれでお別れになるけれど、また必ず会いに来る」

「やぁだ」「ぱぁぱ」と、ふたりそろって不満げな声をあげる。ぐずるだろうとわかっていたものの、実際にそんな声を聞くと切なくなる。

「ごめんな。またすぐに会いに来るから」

「やっ」

むくれてしまった春馬はぷいっと顔を逸らし、啓太は口をへの字にして今にも泣きだしそうだ。悠斗さんも、眉を下げて弱り切った表情になる。

「次にパパが会いに来るまで、ふたりでママのお手伝いをいっぱいして、助けてあげるんだぞ」

頭をなでられたふたりの瞳に、みるみる涙が浮かぶ。笑顔で見送るのはできそうにないが、それだけ悠斗さんとの別れを惜しんでいる証拠だ。

「ごめん、陽和。この後は大変になるかな」

「たぶんね」

大泣きする姿を想像して苦笑する。

「デッキに出てしまえば、それほど迷惑じゃないはず」

「そうか。じゃあ、そろそろ行くな」

「うん」

双子の頭をもう一度なでると、悠斗さんは背を向けて歩きだした。

途端に泣きだしたふたりに、何度も振り返って手を振る。子どもたちと同じように、きっと彼も別れをつらく感じているのだろう。

その姿が見えなくなったところで、ふたりを連れてデッキへ向かった。

「春馬も啓太も、ここからパパの乗る飛行機にばいばいしようね」

「やぁだ」

「もっと、あしょぶの」

今ばかりは、おとなしい啓太も精いっぱい自己主張する。

「そうだね。もっと遊びたかったよね。きっとパパも、同じ気持ちだよ」

加速しはじめた飛行機の騒音に、ふたりの気がわずかに逸れる。

「パパの乗っているのは、どの飛行機かな」

「あれ！」

自信満々に春馬が指をさすと、啓太もその機体を目で追う。

「じゃあ、手を振ってあげようか」

むくれてはいたけれど、ふたりはその後、何台かの機体に目いっぱい手を振ってお別れをした。


それからも、悠斗さんは毎日のように連絡をくれる。タイミングが合えば、子どもたちとテレビ電話で会話もした。

フライトスケジュールと、その日なにをしていたかという内容は欠かさず伝えてくれており、それによると彼は仕事と勉強に明け暮れているようだ。

悠斗さんらしいと、彼のストイックさに感心する。同時に、これほどひとつのことに熱中する彼にとって、あの不本意な横槍《よこやり》は相当なストレスだっただろうと考えるようになった。

私が別れを告げる直前の悠斗さんは、自分の意思とは関係なく身分を明かされ、望まない見合いを強要されていた。おまけに、お相手の君島さんは時も場も関係なく押しかけてくる。さすがに職場にまで来られたら、苛立つのも理解できる。

きっと、彼も追い詰められていたのだろう。そんな状況下でも、私が嫌な思いをしないように彼なりに全力で守ろうとしてくれた。

出自を隠していたのも含めて、完璧なやり方ではなかったかもしれない。けれど、決して私を蔑《ないがし》ろにしていたわけではないと、あの頃は見えていなかったことに気づかされる。

再び彼を受け入れたのは、子どもの存在を知られたのが大きい。冷静になれば、子どもたちには実の父親に会う権利があるし、もちろん悠斗さんも同じだとわかる。

彼らが交流を持つのは必然だったのだろう。

――というのは、だんだん建前にすぎなくなっていく。私の中にあった不信感や警戒心は、寄り添い続けてくれる彼の姿を見て、すっかりなくなった。

初めて私たちのもとを訪れて以来、悠斗さんはすでに数回こちらへ足を運んでくれている。お互い多忙で、なかなか休みを合わせるのは難しいため、せっかく来てくれても一泊しかできないのがもどかしい。

遠くへお出かけをするほどの時間はなく、どうしても近場で過ごしがちだ。でも、子どもたちにとって普段通りの環境なのが功を奏したのか、ふたりはますます彼に懐いていった。

悠斗さんを見送るたびに、ふたりそろって顔をぐちゃぐちゃにして泣く。その激しさは、回数を重ねるたびに大きくなっている。見ているこちらが苦しくなるほどで、きっと悠斗さんも、別れのたびに胸を痛めているだろう。

もう少しじっくり過ごす時間がほしいとふたりで話し合い、三カ月ほどしてなんとか三日間の休みを合わせられた。

テレビ電話を使って、悠斗さんと子どもたちがどこへ遊びに行こうかと相談している。そのやりとりにぎこちなさはなく、私のフォローはまったく必要ない。

『――ということで、陽和。次は動物園へ連れていくけど、いいか？』

「もちろん。楽しみにしているわ」

『少し遠くなるから、俺の方でゆったりできるサイズの車をレンタルしておく』

当日になり、パパはまだかと朝からそわそわしていた双子たちは、玄関から悠斗さんの声が聞こえると「パパだ！」と駆け出した。

「ふたりとも、元気にしていたか？」

出迎えた息子たちを、悠斗さんがぎゅっと抱きしめる。

「どっちが春馬で、どっちが啓太かな？」

彼にはまだ、性格の違いが出なければ見分けられないときもある。けれど悠斗さんはそれを隠そうともせず、わからないときは正直に双子に尋ねている。私としては、変にごまかされるよりはよっぽどいいと思う。

「はるま！」

「けいた！」

ふたりもそんなやりとりは保育園で慣れっこのようで、ためらいなく名乗った。

「教えてくれてありがとう。これで今日は間違えないな。陽和も、変わりないか？」

屈んだ姿勢でチラリと上目遣いに見られて、コクリとうなずいた。

彼が来ると家の中がますます賑やかになり、双子はなにをしていても悠斗さんにべったりくっつく。悠斗さんが座ればすかさず群がるし、お風呂の時間になると一緒に入るのが当然だというように彼の手を引く。食事やおやつのときには、隣を我先にとキープする。その仲良しぶりは、私が嫉妬するほどだ。

なんだか悔しくなって、三人の様子をジト目で見ていると、悠斗さんが苦笑した。

「俺が物珍しいんだろう。そのうちに慣れるだろうし、そうなってくれるほど通い詰めるから」

その言葉が本気だと、これまでの悠斗さんを見ればわかる。

子育て経験のない悠斗さんなのに、一度説明すればほとんどのお世話をこなしてしまう。高く抱き上げたり、ふたりまとめて体によじ登らせたり、私には難しいダイナミックな遊びもしてくれる。子どもたちが彼を好きにならないわけがないと、つくづく感じた。

叔母夫婦とも、悠斗さんは良好な関係を築いている。

あとは、私が決断するだけなのだろう。

悠斗さんに対する好意がなくなっていなかったのは認める。けれど、ここから一歩踏み出すには相当の覚悟がいる。

彼を信じたいのに、ご両親の反応を考えると怖くなる。大手航空会社の社長の息子である悠斗さんに、私では結婚相手として釣り合わないだろう。

この心地よい関係のまま、子どもたちともこうして交流を持てていれば、夫婦という形にこだわらなくてもいいのかもしれない。ここに来て、臆病な自分が顔を出す。

卑怯だとわかってはいるけれど、他人というには少し近い距離感にある現状を、ちょうどよく感じているのも事実だ。

雨の降っている今日は、自宅でゆっくりと過ごした。明日は絶対に晴れてほしくて、四人で作ったてるてる坊主が窓辺につるされている。

その甲斐があって、翌日は天気がすっかり回復し、一面に青空が広がっていた。

約束通り、彼の借りてきた大きな車で、少し遠くにある動物園に向かう。

「ふたりは、動物園でなにが見たい？」

運転しながら悠斗さんはチラリとミラーに視線を走らせて、後部座席の双子をうかがう。

「きりん！」

春馬が即座に答える。慎重派の啓太は、なにがいいかと考えているようだ。

「ぞう！」

やっと発した声に、「そうか」と悠斗さんが微笑んだ。

「きりんもぞうも、ライオンだっているみたいだぞ」

車内は終始、笑顔にあふれている。ふたりが好きなアニメの曲を流してやれば、大きな声で歌った。

「さあ着いたぞ」

ベビーカーも用意してあるのに、どちらもいっさい乗りたがらない。我先にと園の中へ進んでいこうとするふたりの小さな手を、私と悠斗さんが慌てて掴む。

ここへ連れてきたのは正解だったようで、子どもたちはご機嫌に過ごしている。

意外にも、積極的に動物に近づくのは啓太の方だった。エサやり体験では、最初こそ腰が引けていたが、一度やってしまえばもう平気そうにしている。

対する春馬は、悠斗さんから決して手を離さないまま、ずいぶんと離れた位置から腕を伸ばしている。動物が口に入れるかどうかのタイミングで、早々と手を引く姿には思わず笑ってしまった。

「このふたりの反応は、ちょっと意外だった」

「本当にね」

悠斗さんが見逃してしまった、子どもたちの成長過程はたくさんある。そこに罪悪感を抱いていたが、これから先は一緒に共有していけるのだと心が軽くなる。

小動物に触れられるコーナーでも、先に手を伸ばすのは啓太の方だった。

そんな新しい発見を悠斗さんと楽しみつつ、一日かけて園内を回っていく。

途中で眠くなって同時にぐずっても、悠斗さんがいてくれたおかげでそれぞれ抱き上げられた。

私ひとりでも、周囲の手を借りながらなんとかここまで育ててこられた。ただ、たとえ相手が私にとって母親代わりのような叔母であっても、手伝わせてしまっているという感覚がどうしても拭えなかった。

でも、悠斗さんは違う。彼はこの子たちの実の父親で、少しの遠慮もせずに任せられる。

これまでは私ひとりが背負ってきた責任を、これからは彼も一緒に支えてくれる。それは、自分が考えていた以上に心強い存在だった。

「陽和」

ふたりが眠っているうちに少し休もうと促されて、ベンチに座る。

周囲の木々はすっかり紅葉し、風が寒く感じられるようになってきた。子どもたちに、持参にしたブランケットをかけてやる。

「なんか、いいな。家族団らんって感じで」

眠るふたりを見つめながら、悠斗さんがしみじみと語る。

悠斗さんにすっかり気を許した子どもたちは最近では遠慮がなくなり、別れ際だけでなく普段から『やぁだ』と言うようになった。それはふたりが、悠斗さんを私や叔母夫婦と同じ家族だと認めたからだろう。

「いっそのこと、こっちを拠点にできる会社に転職したいぐらいだ」

茶化した口調に、苦笑した。

「アメリカなんか、パイロットは拠点空港《ベース》近辺に住まなくても、提携先の飛行機に乗って通勤が可能なんだ。俺もここを拠点に働こうかと、考えてしまうな」

軽い愚痴程度の話と耳を傾けていたが、どことなく本気なのが隠しきれていない。

「えっと……」

なんて返せばいいのかわからず、言葉が続かない。

「すまない。焦っても仕方がないってわかっているが、こうして陽和と子どもたちと過ごす時間が幸せすぎて」

苦悩する彼の表情に、胸が締めつけられる。

どっちつかずの現状は、彼を追い詰めているのかもしれない。

「悠斗さんが会いに来てくれるおかげで、子どもたちには私ひとりじゃできなかった体験をさせてあげられてる。それに、叔母たちも悠斗さんを歓迎しているわ」

自分の思いを整理しながら、ありのままを話す。

「そう言ってくれると、安心する」

「息子たちはあなたが大好きだし、いつも来てくれる日を待ち遠しそうにしてる」

隣からの視線を感じながら、寝入ったふたりを見つめる。

「でも、悠斗さんが忙しいのも知ってるの。貴重な休みなのに、電話や訪問ばかりに時間を取られて」

一瞬だけ彼を見て、すぐさま手もとに視線を落とした。

「ちゃんと休めているだろうかとか、本当はもっと自分のための時間がほしいんじゃないかっていうのも心配で」

彼は人一倍、仕事熱心な人だ。私たちが付き合っていた頃も、ひとりで過ごす休日には、ジョギングをしたり勉強をしたりと、いつも忙しくしていた。

これまでは自分のために使っていた時間の大半を、今は私たちのために費やしている。それは、悠斗さんにとって負担になっていないだろうか。

「陽和」

言い淀んだところで名前を呼ばれて、再び彼に視線を向ける。

「俺にとって陽和たちと関われる時間は、なによりも大切だ。それ以上の優先事項などない。それに、子どもたちからの好意は俺も十分に感じている。すんなり受け入れてもらえて、嬉しいよ」

プライベートでしか見せない、彼の温かな笑みに見惚れてしまう。

「じゃあ陽和は？　陽和は俺を、好きでいてくれるか？」

目を逸らせないでいるうちに、じわじわと頬が熱くなる。

「そ、それ、は……もちろん、そう、です」

「恋愛的な意味で？　それとも、同志のようなものか？」

自分の気持ちなど、彼と再会した日から自覚している。それだけに、まっすぐすぎる彼の視線を受け止められなくて、逃れるようにうつむいた。

「……あなたのことは、嫌いになりきれていなかったわ」

はっきりしない物言いに、我ながら往生際が悪いと呆れる。

フッと小さく笑った悠斗さんには、いろいろとばれてしまっているに違いない。

これだけ尽くしてくれる悠斗さんに対する不信感は、もうすっかりなくなっている。

それは、外でも私抜きで子どもたちを任せてしまえるほどに。

ただ、彼と一緒にいる将来を選択するとしたら、ここで築いてきた生活を終わりにしないといけない漠然とした寂しさがある。それに、彼のご両親との関わりに対する不安が解消されていない。

見合いの話をだめにした要因にもなっている自分は、受け入れてもらえるだろうか。

まして、身勝手にも秘密裏に悠斗さんの子を産んでいたなんて、好意的に思われるはずがない。

「陽和を悩ませるのは、本意じゃない。ただ、そうやって俺で頭をいっぱいにしてくれるのは、正直、嬉しいもんだな」

「なっ」

そういえば、彼には意地悪な一面もあったと思い出して、ジロリと見やる。

「そういう素直な反応を見られるのも、たまらない」

悠斗さんがくすりと笑う。

反論できないのが悔しい。私がなにをしたって、彼はすべていいように捉えてしまうのだろう。

「どんな感情であれ、陽和が俺に対して無関心ではいられない。今はそれで十分だ」

不用意に言葉を発せば、ちょっとしたことですべて暴かれてしまいそうだ。

「俺の両親について、陽和はなにも心配しなくていい。俺にとって一番大事なのは、陽和と子どもたちだ。父にもはっきりそう伝えてあるし、兄と母は味方をしてくれている。それに、俺には陽和たちのすべてを受け入れる準備ができていると、知っておいてくれ。焦っているのも本当だが、俺はいつまでも待つ覚悟ができているから」

すっと生真面目な表情になる悠斗さんに、再び視線が釘づけになる。

どうして彼は、ここまで私を想ってくれるのだろうか。美人で仕事のできるCAをはじめ、彼に想いを寄せる女性はきっと今でもたくさんいるはず。再会した日だって、同僚らは好奇心だけでなく、あからさまな好意の目を彼に向けていた。

子どもができていた、から？

そう考えて、慌てて否定する。悠斗さんは子どもの存在どころか、妊娠の事実を知らないままずっと私を捜してくれていたのだから、それはないだろう。

「どうして……」

知らず知らずのうちに、疑問が口をついて出る。

彼はわずかに首を傾げた後に、思案顔の私を見て破顔した。こんなに眩しい笑みは、彼と出会ってから初めて見るかもしれない。

「決まってるじゃないか。俺は陽和を、愛しているんだよ」

付き合っている当時も、彼は何度も〝愛してる〟と言ってくれた。なにもかも初めてだった私は、彼に応えようともがくばかりだった。

空いた時間はつい悠斗さんを思い浮かべて、彼もそうだったらいいのにと願う。それは決して、彼の気持ちを疑っていたからじゃない。

悠斗さんからの告白で付き合いはじめたはずなのに、気づけば私ばかりが彼を好きになっていくのが怖かった。なんの取り柄もない自分が、本当に悠斗さんにふさわしいのかと、彼が告白された噂を耳にするたびに悩んでいた。

そんな不安を解消してくれるのは、いつだって悠斗さんで、どんな私も全部をひっくるめて包み込んでくれた。彼の腕の中ほど安堵できる場所を、私は知らない。

だからこそ、あの裏切りが許せなかった。

妊娠について話をするべきだと、いくら叔母に諭されてもそうしなかったのは、あれ以上、心の傷を広げられたくなかったから。逃げるしか、自分を守る術《すべ》がなかった。

「陽和の真面目なところも、気弱なところも、時折見せる強情なところも愛しくて仕方がない。ほかの誰でもない。俺は君を愛しているんだ」

もうだめだ。

ここまで深い愛情を示されたら、平静を保つなんて無理だ。

涙が頬を伝っていく。それを見てくしゃりと笑った悠斗さんは、私の濡れた頬を自身の手で優しく拭ってくれた。

隣からそっと抱き寄せられて、されるがままになる。

「愛してる、陽和」

トクトクと頬に伝わる彼の鼓動に、すべての不安がなくなっていく。

「ありがとう、悠斗さん」

一度は手放したはずなのに、こうして再び彼の愛に触れてしまったら、もう離れられそうにない。

「私、あなたについていきたい」

私を囲う彼の腕に、一層力がこもる。

「ありがとう、陽和。本当に、ありがとう」

「子どもたちや叔母さんたちにちゃんと話さないといけないし、仕事もあるからすぐには無理かもしれないけど……」

私の髪に、悠斗さんが顔をうずめる。

「俺のもとへ来てくれるのを、待ってるから」

自分の気持ちは固まった。

悠斗さんと一緒になるために、これからするべきことを想像する。

すべて片がついたら、彼に対する私の気持ちをあらためて告白しようと、抱きしめてくれる腕をぎゅっと掴んだ。

翌日の昼過ぎに、泣きじゃくる双子に見送られて、悠斗さんは東京へ帰っていた。

こちらでの生活に区切りがついたら、悠斗さんについていく。そう決めた私は、早速その晩、叔母夫婦と話をした。

「──もう一度、彼を信じてみようと思う」

私の話を、ふたりは嬉しそうに聞いている。

「よかったじゃないの、陽和ちゃん」

「本当にな」

「うん。でも、叔母さんたちにはずいぶんお世話になったのに、なんの恩返しもできないまま、手の平を返すように東京に戻るのもいけないと思っていて」

私の身勝手さで、ふたりをずいぶん振り回してきた。このままでは、あまりにも申し訳ない。

「そんなの、気にする必要はないぞ」

おじさんの言葉に、叔母もうなずく。

「そうよ。こないだだって、旅行をプレゼントしてもらっちゃたし」

「でも……」

その程度では、到底返したとは言えない。

「前にも言ったけど、子どもに恵まれなかった私たちが、春馬君と啓太君に関われたのは本当に幸せだったのよ」

「そうだぞ。毎日賑やかで、すっかり隠居生活のようになっていた僕たちも、ずいぶん若返らせてもらった」

どこまでも私を気遣うふたりに、涙が滲む。

「もちろん、三人が引っ越してしまえば寂しくもなるわよ。でもね、それ以上に、陽和ちゃんの幸せが嬉しいのよ」

「娘を嫁がせる、親の心境とでもいうのかね」

笑い合うふたりにつられて、私の口角も上がる。

「子どもたちにも、父親の存在は当然必要よ。って、陽和ちゃんがそんな気持ちだけで決断したんじゃないって、バレバレだったわね」

首を傾げる私に、叔母が楽しそうに笑った。

「桜庭さんが滞在中の陽和ちゃんの顔を見ていれば、誰だって気づくわよ」

「若いっていいなあ」

「えっ、ちょっ……」

それほど、私の気持ちは表情に出ていたのだろうか。今でもそうかもしれず、恥ずかしくて両手で顔を覆う。

「気持ちは明らかなのに、それでも桜庭さんを信じていいのかって、葛藤している陽和ちゃんのかわいいこと」

「お、叔母さん！」

「あら。意地悪じゃないのよ」

ますます羞恥を煽られて、いたたまれない。

「それにな」

ようやく落ち着いたところで、おじさんが切り出した。

「僕たちは必要ないって遠慮したんだが、桜庭さんがどうしてもと、陽和ちゃんたちにかかった費用を渡してきてな」

「え？」

そんなやりとりがされていたなんて、まったく知らなかった。

「律儀な人よね。まだ心を開いてくれていない陽和ちゃんに、生活の支援だとかを話しても受け入れてもらえないからって。ここに初めて来た日の話よ」

「彼にも、葛藤があったんだろうな。陽和ちゃんたちに、今すぐになにかしてやりたいのにできない。そんな苦しげな姿を見たら、受け取らないわけにはいかなかったよ」

私の知らないところでも、そうして守ってくれていたのだと思うと、すぐにでも彼のもとに行きたくなる。

「このお金は、東京まで陽和ちゃんたちに会いに行く費用にしようって、決めてるのよね」

「そうだぞ。向こうの知り合いとも、ずいぶん顔を合わせていないし。いいきっかけだよ」

私が気に病まないように、あえて明るい口調で話しくれているのだろう。

「時間のあるときに、今度は私たちと、テレビ電話で話してくれればいいわ」

「それから、遊びに行ったときには、一緒に出かけてくれるとなお嬉しいな」

「も、もちろんよ。ありがとう、ふたりとも」

声を震わせる私に、ふたりから柔らかな笑みを向けられる。

「陽和ちゃんの仕事の都合もあるだろうし、今後についてはおいおい決めていきましょうね」

子どもたちに話すのは、すべてが決まってからの方がいいだろう。不用意に仄めかせば、「いつ?」「まだ?」と、やきもきさせるだけだ。

四人で暮らせる未来を想像しながら、どこかそわそわとした気持ちで、子どもたちの眠る布団に潜り込んだ。

翌日、職場に退職の意向を伝えた。

「三島さんは大きな戦力だったから惜しいが、仕方がないな」

「本当は長く勤める気でいたんですけど……すみません」

特に咎《とが》めるような口調ではなく、心底残念そうにされる。申し訳ないと思う反面、私はここで必要とされていたのだという実感が自信につながる。

「お相手は、パイロットの桜庭さんだったかな？」

「え？」

悠斗さんについてはひと言も話していないのに、なんの前触れもなく名前を出されて動揺した。

「有名ですよ。イケメンエリートパイロットが、休日のたびに三島さんに会いに来ていると」

噂の発信源は、間違いなく同僚らだろう。短い期間だったとはいえ、みな気持ちよく付き合える人たちばかりで、こんなやりとりも悪い気はまったくしない。

いたずらな表情になった上司に冷やかされながら、そそくさと部屋を出た。

その後、仕事上がりの更衣室で、同じ早番のメンバーにも捕まってしまう。

「──それで、結婚を決めたのね？」

「えっと、まあ……」

たじたじになる私を、彼女たちは決して逃がしてはくれない。

「そうだと思ったのよ。忙しい合間を縫って、忘れられない恋人のもとへ通い詰めるイケメン。はあ、なんて美談なの」

しつこい追及に根負けして、当たり障りのない程度に話をする。

「双子ちゃんたちも、喜ぶでしょうね」

自分が噂の中心になるのは恥ずかしく、一刻も早く逃げたくなる。まだまだ盛り上がる彼女らを尻目に、どうやって切り抜けようかと算段していると——。

「三島さん、大変よ」

騒がしくしていた場と反する緊迫した声音に、話し声がピタリとやむ。駆け込んできたのは同僚の新見《にいみ》さんで、全員の視線が彼女に向いた。

もしかして子どもたち絡みの連絡でも入ったのかと、慌てて前に出る。

「なにか、ありましたか？」

「あなたのお相手って、パイロットの桜庭悠斗さんよね？」

「ええ、そうですけど」

また噂話だろうかと疑ったが、どうにも彼女の表情が穏やかではない。不安が一気にわき起こる。

「桜庭さんの操縦している機体が、トラブルを起こしているの」

「え……」

ほかの空港のことであっても、遅延等の発生につながる恐れがあるため、情報は共有される。それがどの程度のトラブルなのか、切羽詰まった様子で察してしまう。

彼の今日のフライトスケジュールを思い出そうとしても、混乱してうまくいかない。

「とにかく、来て」

おそらく、かなり危険な状態なのだろう。彼女に促されるまま、慌てて事務所へと向かう。

すでに報道もされているようで、事務所のテレビの前には数人の人だかりができていた。急いで近寄り、隅に体を滑り込ませて目を凝らす。

画面に映るのは中部《ちゅうぶ》国際空港だった。どうやら地上の整備士に確認させるため、ローパス（低空飛行）を実施しているようで、下降したと思った機体が再び上昇していく様子が映し出されている。

「やはり、前輪のトラブルか……」

男性の暗いつぶやきに、不安を煽られる。

「今、桜庭さんが操縦桿を握っているんだって」

「そんな……」

新見さんの説明に、声が震えた。

滑走路には、有事に備えて消防車や救急車が待機をはじめているのが確認できる。それだけ緊迫した状況なのだと、緊張が高まって背中を嫌な汗が伝った。

胸の前で両手をぐっと握りしめながら、息を詰めて祈るような気持ちで彼の操縦する機体を目で追う。

上空でしばらく旋回した後、再び着陸の態勢を整える。

「タッチ・アンド・ゴーだな」

近くにいた誰かが、小声でつぶやいた。

怖くて目を背けてしまいたい。でも、たくさんの命を預かる悠斗さんはそれ以上の恐怖と戦っているのだから、決して逸らしてはいけないと自身を叱咤した。

彼を信じて、逃げずに見届けるべきだ。震えそうになる足に、ぐっと力を込める。

集まった全員が、画面を凝視する。

下降した機体が、まっすぐに滑走路を目指した。

「ああ、だめか」

周囲に落胆の声が広がる。衝撃を与えても、前輪は出ないようだ。

何度も愛していると伝えてくれた彼に、私はまだ言葉でちゃんと返せていない。私だって彼を愛しているのに、恥ずかしさと変なこだわりからあの場で伝えられていいなかったのを、今さらながら後悔した。

悠斗さんは絶対に、全員を無事地上に下ろしてくれるはず。そう信じている。

彼なら、必ずこのピンチを切り抜けてくれる。固唾《かたず》を呑みながら、今まさに最終手段を取ろうとする様子を見守った。

＊＊＊

「キャプテン、ギア・ダウンできません」

隣に座る副操縦士の今井《いまい》が、わずかに緊迫した声をあげた。

すぐさま着陸装置の展開を確認したところ、メイン・ギア（後輪）しか点灯せず、ノーズ・ギア（前輪）が展開していないと判明した。

現状を管制官に報告しながら、この後予想される状況を思い浮かべる。最終手段としての胴体着陸もしくは着水も当然想定した。

上空で旋回しながら手動での操作を試みたが、計器の表示は変わらない。

管制官へ、地上の整備士に状況を確認してもらうため、ローパスの許可を求めた。

燃料はまだしばらく余裕がある。気がかりなのは、客席の混乱だ。

『操縦席からご案内します。当機はただ今、着陸態勢に入っておりましたが、前輪の不具合が確認されました。これから地上と連絡を取りながら原因を究明していきますので、到着時間に遅れが生じます。ご迷惑をおかけしますことを、お詫び申し上げます』

二回のローパスを行った結果、整備士からノーズ・ギアが出ていないと断定される。

客室へ向けて、これから急旋回や機体を揺らすことで、ノーズ・ギアの展開ができないか試みる説明をする。安全に問題ないことを強調し、落ち着くように呼びかけた。

『――これより先は、客室乗務員の指示に従って、冷静な行動をお願いします。我々は、このような緊急事態に対しても、十分な飛行訓練を行っております。どうぞご安心ください』

残念ながら、なにを試しても前輪の不具合は改善されない。

管制官にタッチ・アンド・ゴーの許可を取って実施したが、それでもだめだった。

「キャプテン、胴体着陸しかないですね」

「ああ」

上擦った声になる今井を、横目に見る。

「落ち着け、今井」

「はい」

自身にも言い聞かせるように声をかけると、大きく息を吐き出した彼は、すっと姿勢を正して前を見据えた。

幸いにも、メイン・ギアは左右とも問題なく、機体のバランスは保てるはずだ。

着陸時の発火の危険性を少しでも減らすために、燃料投棄を行う。

「今井。絶対に、全員を安全に地上へ下ろすぞ」

「キャプテン……」

「地上では、この機体に乗った全員の無事をたくさんの人が祈ってくれている。俺たちは、なんとしてでもそれに応えるんだ」

脳裏に浮かぶのは、愛しい陽和とかわいい息子たちの笑顔だ。

「はい」

目つきの変わった今井からも、絶対に乗り切ってみせるという覚悟が伝わってきた。

この機体に搭乗するすべての人の命が、自分の肩にかかっている。機長として、必ず全員を救ってみせる。あらためてそう決意して、操縦桿を握り直した。

客室乗務員に、胴体着陸を試みる連絡を入れる。それに伴い、前方に座る一部の乗客を後方へ移動させた。

『ご案内申し上げます。前輪の状況が改善されないため、当機はこれより、胴体着陸を試みます。繰り返しになりますが、我々パイロットは、このような事態に備えて何度も訓練を行ってきました。どうぞ、ご安心してお待ちください』

管制官より、五分後に胴体着陸の許可が下りる。

前輪が出ないまま、着陸の態勢に入った。

＊＊＊

滑走路に、消火剤が撒《ま》かれていく。

いよいよ胴体着陸に踏み切るのだと悟り、握りしめていた手にさらに力がこもる。

着陸態勢に入った機体が、徐々に滑走路へ近づいてくる。その間、心の中で『大丈夫だ』と呪文のように唱え続けた。

機体はメイン・ギアを滑走路に接地させ、機首は水平より若干上向きの態勢を保つ。少しでも気を抜けば大惨事を招きかねない切迫した事態に、呼吸すら忘れていた。

それから機首を緩やかに下げ、滑走路に胴体を接触させながら減速していく。わずかに飛び散った火花に緊張が高まり、鼓動が痛いほど打ちつける。

お願いだから、このまま何事もなく停止してほしい。そう切に願いながら、瞬きすら忘れて画面を食い入るように見つめた。

機体が完全に停止したその瞬間、あれだけざわついていた周囲が静まり返る。

「やったぞ」

幸いにも発火する様子は見られない。ひとりが発した歓喜の声を合図に、大きな歓声があがった。

「よくやった」

相手が誰かも関係なく、隣に居合わせた者同士で握手やハイタッチをする。

「よかったわね、三島さん」

新見さんに手を取られ、言葉を発する余裕もなく、涙をこらえながらコクコクと首を縦に振った。

その後、消防による点検を経て、飛行機を降りる許可が下された。乗客・乗務員に、けが人はひとりも出ていないという報道に、一同、再び胸をなでおろす。

もう大丈夫だと、なんとかその場は離れたものの、気が抜けて思うように動けなくなる。ふらふらとロビーに置かれたベンチに近寄り、倒れ込むように座り込んだ。

悠斗さんにメッセージを送りたいのに、指が震えて思うようにいかない。おそらく彼はまだ、事後処理に追われているだろう。

そうこうしているうちに、叔母から電話がかかってきた。

『陽和ちゃん、テレビで見てたけど……』

報道では、誰が操縦桿を握っていたのかまでは明かされていない。叔母は、こっちの空港でも騒ぎになって大変だろうと、私の退勤時間を待って連絡をくれたようだ。

「悠斗さんが、操縦していたの」

電話の向こうで、叔母がひゅっと息を呑む。私の声の震えは、伝わっているだろう。

「本当に、無事でよかった」

『陽和ちゃん、子どもたちは私が迎えに行っておくから、落ち着いたら帰っておいで』

「ありがとう」

通話を切って、ぼんやりと顔を上げる。

そういえば彼と再会した日に、このベンチに座って話をしていたと、数カ月前を思い出した。

あの日、彼がこの空港を訪れて私を見つけていなければ、ふたりはまだすれ違ったままだったかもしれない。彼を想う気持ちをなくせないのに、同時に裏切られた怒りや悲しみも抱き続けていただろう。

そんな私を悠斗さんはずっと捜し続けて、捕まえてくれた。それ以来、彼は時間も労力も惜しまず、私たち親子に寄り添ってくれている。

そんな日常がいつまでも続くと当たり前のように捉えていたけれど、命の危ぶまれる事態を目の当たりにして、そうではないのだと痛感させられた。

機長としての彼の技量は信じている。それでも、万が一のことがあったらと恐怖に襲われた。

もう二度と後悔したくなくて、今こそちゃんと自分の気持ちを伝えたいと切望する。

スマホを持ったままだった手に、ぐっと力がこもる。もう一度、メッセージだけでも送ろうとしたところで、再び着信音が鳴った。慌てて通話ボタンをタップする。

「も、もしもし」

『陽和か』

低く優しい声に、胸が震える。

「う、うん。悠斗さん……おかえりなさい」

なんの脈絡もない言葉に、わずかな間をおいて彼の声が返ってくる。

『ああ、ただいま』

温かな声音に、涙が頬を伝う。

「無事で、よかった」

私が泣いているのは、きっと声でわかってしまうだろう。

『また、陽和を泣かせてしまったかな』

「ちが……」

電話越しでは見えないというのに、否定するように首を横に振る。

『陽和を悲しませたくない一心で、操縦桿を握っていた』

「悠斗、さん……」

『今すぐ陽和を抱きしめたい。会いたいなあ』

切ない声に、胸がぎゅっと締めつけられる。

「私も。悠斗さんに、会いたい」

会って、ありったけの思いを込めて、彼を抱きしめ返したい。

『陽和』

彼の言葉を、ひと言も逃すまいと耳を傾ける。

『俺と、結婚してくれないか？』

ここが人目のある場だなんてすっかり忘れて、あふれる涙もそのままに、何度もうなずいた。

「うん、うん」

込み上げてくる熱い想いを、きちんと言葉で伝えたい。

「悠斗さん、愛してる」

『……はあ。触れられる距離にいないときにプロポーズした俺も悪いが、そんな嬉しいことを言われたらたまらない』

やっと素直な気持ちを伝えられて、心が温かくなる。

『次の休みに、もう一度そっちに行く。そのときに、奈緒子さんと浩二さんに、結婚の許可をもらう』

「うん。子どもたちにも話をして、待ってるから」

トラブルがあってから五日後の昼過ぎ、悠斗さんは約束通り再び高松に来てくれた。

「『パパ！』」

玄関で彼を迎えた双子たちは、嬉しさ全開で悠斗さんにまとわりつく。

子どもたちには、悠斗さんと一緒に暮らすことになると話してある。叔母たちとのお別れに、ずいぶん泣かれてしまったのは心苦しかった。でも、『飛行機に乗って遊びに行くからね』とふたりが指切りをしてくれたおかげで、なんとか納得したようだ。

「まあまあ、桜庭さん。いらっしゃい」

「お邪魔します」

ふたりのはしゃぐ声は、二階までしっかり聞こえていたようで、叔母が顔を出した。

「先日は、大変でしたね。本当に無事でよかったわ」

「ご心配をおかけしました。後ほど、今後についてお話をしたいんですが」

叔母夫婦には彼と結婚したいと伝えており、今日はその話もする予定になっている。

「夜には主人も帰ってくるので、そのときにうかがいますね」

大人の事情など知らない双子が、「はやく」「あそぼ」とじれったそうに容赦《ようしゃ》なく彼の腕を引っ張る。

「あらあら、ふたりとも元気ね。ばあばはちょっとお出かけしてくるからね」

「「うん」」

叔母の見送りもそこそこに、子どもたちは悠斗さんを室内に連れていった。

「春馬も啓太も、まずはパパを休ませてあげないと。午前中に、ケーキを買っておいたのよね。みんなで食べようか」

「ケーキ！」

「たべゆ！」

すぐさま食べ物につられたふたりを、悠斗さんが笑う。

「じゃあ、手を洗おうね」

我先にと駆けていく息子たちに、「今日はケーキに負けたな」と苦笑いする彼がおかしくて、私も噴き出した。

「陽和」

後を追おうとしたところで呼び止められ、足を止める。その直後に、背後から抱きしめられて、ピクリと肩が跳ねた。

「ただいま、陽和」

耳もとでささやかれて、にわかに鼓動が速くなる。

「おかえり、なさい」

そっと腕を解いた悠斗さんは、私の体をくるりと反転させて、正面から再び抱きしめた。それに応えるように、私も彼の背に腕を回す。

「無事で、本当によかった」

「ああ。陽和と子どもたちの存在が、俺の力になった」

負担になるどころか、彼の支えになれていた事実に心が震える。

「はあ。帰ってきたと、やっと実感できた」

私が彼の帰る場所になれているのが嬉しい。これからも、こうして悠斗さんを迎え入れる存在であり続けたい。

「あー!」

「はるまも!」

戻ってきたふたりに、抱き合っている姿を見られて慌てたが、悠斗さんは平然としている。近寄ってきた子どもたちの前にひざまずいて、両腕を広げた。

「ほら、春馬も啓太も、おいで」

こんなふうに、子どもたちの笑い声にあふれた家庭を作っていきたい。

ふたりが父親と触れ合う姿に、この先の私たちを想像した。

夜になって双子が寝静まった後に、叔母夫婦に今後について私たちの思いを話した。

「——陽和さんはご両親を亡くしているので、彼女にとって親代わりだったおふたりにお願いがあります」

悠斗さんが、いつになく畏まった雰囲気になる。

「陽和さんと、結婚させてください」

悠斗さんが深々と頭を下げた。その横で、私も彼に倣《なら》う。

「ご丁寧に、ありがとう。まさか、娘を嫁に出す体験までさせてもらえるなんて、なあ、奈緒子」

「ええ、ええ」

目もとを拭う叔母を見て、こちらまで目頭が熱くなる。

「もちろん、私たちは賛成よ。ねえ、あなた」

「ああ」

反対されはしないとわかっていたものの、受け入れてもらえてほっとする。

「それで、桜庭さんのご両親は……」

叔母の問いかけに、悠斗さんへ視線を向ける。

私の中でも彼のお父様への懸念は大きく、思わず眉間にしわを寄せた。

「私の両親は、陽和さんも子どもたちの存在も認めております。むしろ父は、自分の行動が今回の事態を招いてしまい、陽和さんへ謝罪をしたいと話しています」

事前にそう聞いていたとはいえ、大きな会社の社長を務める人から謝罪を受けるなんて腰が引けてしまう。

ただ、いくら大丈夫だと言われても、仕方なく結婚を許したのかもしれないという疑念が晴れず、言葉での説明だけでは安心できないでいる。

彼と一緒になると決めたからには、腹をくくって会いに行くしかないのだろう。

お父様が本音ではまだ認めてくれていないとしたら、これからの努力で少しずつ受け入れてもらえるようにがんばればいい。

それから、私の退職する時期や東京へ行くタイミングを相談して、最後に婚姻届の証人欄の記入をお願いした。喜んでペンを手にするおじさんの姿に、自分はこの夫婦にどれだけ大切にされてきたのかを、あらためて実感した。

もう一度、あなたと

結婚を決めてから二カ月ほどが経ち、いよいよ東京へ向かう。

いろいろと順番が狂い、離れていた期間もあった私たちだけど、婚姻届の提出だけは悠斗さんのご両親に挨拶をしてからにしようと、話し合って決めていた。

再びすれ違いが生じないように、彼のご両親の意向を自分の目でしっかりと確かめておきたい。その思いを、悠斗さんも汲んでくれた。

悠斗さんは今日、ほかの空港を経由して、最後に高松空港から羽田空港へ飛ぶ予定になっている。私と双子たちは、彼の操縦する飛行機に乗る。

その約束が実現できたのは、悠斗さんがスケジューラーに掛け合ってくれたからだ。有給の取得も含めて、よほど無茶な話でなければそのあたりは多少融通が利くらしい。

『明日、三人を飛行機で迎えに行くからな』

「ひこうき！」

東京へ向かう前日の夜に、テレビ電話で悠斗さんから子どもたちにも伝えたところ、ふたりは興奮をあらわにした。憧れの飛行機に初めて乗れるのが、嬉しくて仕方がないらしい。

東京では、ひとまず悠斗さんのマンションで暮らす予定でいる。部屋数も十分なため、子どもたちと生活のサイクルが合わないときは、彼ひとりで休む空間も確保できる。過ごしてみて都合が悪ければ、いずれ引っ越し先を探そうと話は落ち着いた。

いよいよ時間になり、叔母夫婦が空港まで送り届けてくれた。

「陽和ちゃん、なにかあったら、いつでも頼ってきなさいね」

「ありがとう、叔母さん」

「こっちからも、遊びに行くからね」

「うん。待ってるね、おじさん」

春馬と啓太は、大人たちのしみじみとした空気とは無縁で、頭の中はこの後に乗る飛行機でいっぱいのようだ。

「春馬君、啓太君。また遊びに来てね」

叔母の言葉に、不思議そうに啓太が何度か瞬きをする。ようやく、別れを思い出したのかもしれない。

「大丈夫だよ、啓太。じいじとばあばも東京に招待して、一緒に遊んでもらおうね」

「うん」

「三人とも、元気でね」

ふたりに見送られて、出発ゲートに向かう。子どもたちは、何度も振り返りながら元気いっぱいに手を振った。

待ちに待った飛行機に、ふたりの興奮はますます増していく。ＣＡから搭乗特典の飛行機の玩具をもらって、上機嫌で座席に着いた。

「まぁだ？」

なかなか動き出さないのに焦れた春馬が、不満そうに口を尖らせる。

「もうすぐだからね」

窓の外を眺めたり、周囲をきょろきょろと見回したり、ふたりとも大忙しだ。

「あっ、うごいた！」

外を眺めていた春馬が、嬉しそうな声をあげる。

搭乗手続きをすべて終えた機体が、トーイングカーにけん引されて所定の位置まで移動していく。

「ばいばい」

外に向けて手を振るふたりに、どうしたのかと覗いてみれば、グランドハンドリングスタッフによる見送りだった。

「さあ、ちゃんと前を向いて座ろうね」

それまでとは明らかに違う動きと騒音に、ふたりが口を閉ざす。滑走をはじめた機体に、緊張から声も出ないらしい。

その後、ようやく余裕を取り戻して、窓の外を眺めてはしゃぎはじめた。

『皆様、おくつろぎのところ失礼します』

唐突に流れはじめたアナウンスに、子どもたちが小さく反応する。

『本日は高松空港発、羽田空港行きをご利用いただきまして、誠にありがとうございます。操縦席よりご案内申し上げます。機長の桜庭です。現在の飛行状況をお伝えします――』

話しているのがパパだとピンとこないのか、集中が途切れたふたりは、ぶらぶらと足を揺らしながら、再び窓の外に視線を向けた。

羽田空港に降り立ち、人ごみを避けて悠斗さんとの待ち合わせ場所へ向かう。

「パパが出てくるまで、ここで待っていようね」

久しぶりに訪れる前の職場に、なんとなく気まずさもあってこそこそしてしまう。

私と悠斗さんの間にあった出来事を知っている人は、おそらくいないだろう。それでも気にしすぎてしまい、身を隠すようにして悠斗さんを待った。

「あら。三島さんじゃないの」

女性に声をかけられて、ドキッとしながら振り返る。背後にいたのは、以前お世話になっていた青山さんだった。

「あ、青山さん、お久しぶりです」

精いっぱい平静を装って返したが、表情が引きつってしまう。

「本当に、久しぶりね。まあ、お子さんかしら。かわいいわね」

「ええ」

なにを言われるのかと、うかがうように彼女を見つめた。

「知らなかったわ。あなたと桜庭さんが付き合っていたなんて」

「え？」

なぜそれを知っているのだろうか。

「桜庭さんね、あなたがここを辞めた後、しつこく絡んでくる君島さん？だったかしら。その人にきっぱり言い切っていたのよ。俺が愛しているのは、三島陽和だ。彼女以外と結婚するつもりはないってね」

そんな話は、彼から聞いていない。

からかうような視線を向けられて、頬が熱くなる。

「邪魔をしないでくれって、あの冷静沈着な桜庭さんが珍しく声を荒らげるから、居合わせたメンバーはもうびっくりしたわよ。いろいろ聞きたいのに、肝心のあなたはいなくなった後だし」

その話はいったいどう収拾がついたのか、いろいろと不安だ。

「でも、三島さんがここにいるってことは、桜庭さんとうまくいってるのね。それじゃあ」

仕事中のため、それ以上は引き留められずに済んで助かった。

それからしばらくして、悠斗さんが私たちのもとへやってきた。

「待たせてごめん。春馬、啓太。飛行機はどうだったか？」

身を屈めて、ベビーカーに乗っているふたりと視線を合わせる。

「すごかった！」

「かっこいかった！」

「そうか。それはよかった」

ふたりの頭をなでて立ち上がった悠斗さんを、視線で咎める。

「さっき知り合いに聞いたんですけど。悠斗さん、以前スタッフの前で、あ、愛しているのは私だけだと、宣言したとか……」

自分で言うのもいたたまれず、ごにょごにょと言い淀む。

「ん？　ああ、そんなこともあったか」

「あったかって」

柔らかな笑みに、追及の手が緩みかける。

「あの頃は、あまりにもしつこくされて、周囲に配慮する余裕がなかった。むしろ、配慮していては事態がさらに悪化しかねなかった」

苦しかったのは、私だけではなかった。彼を非難するのは間違いだと気づいて、口ごもる。

「少し、恥ずかしい、です」

それでも、小さな抗議くらいは許してほしい。

「ははは。でも、事実だから。さあ、行こうか」

悪気なくそう言い切った悠斗さんは、私からベビーカーを受け取って歩きだしてしまう。慌ててその後を追い、彼の横に並んだ。

「実は、父さんが陽和に会いたいと言ってきた」

チラリと、気遣うような視線を向けられる。

「今から？」

予定では、落ち着いてからと話していたはず。

「ああ。たまたまこの後、時間が空いたらしくて。陽和と子どもたちがよければ、だけど」

あまりにも急な申し出に、どうしようかと悩む。

ただ、後回しにしてもいずれは対面するのだから、逃げていてもしょうがない。それに、結婚の承諾をしてもらわなければ話が進められない。早いに越したことはないと、覚悟を決める。

「行きます」

そのまま悠斗さんに連れられて、ＲＡＪの本社へ向かう。訪れるのは初めてで、近づくにつれて緊張で手が汗ばんできた。

彼はなにも心配ないと言うけれど、本当に子どもたちも同席させていいのか、不安が尽きない。

悠斗さんの方は慣れたもので、受付で要件を伝えると、案内を断って迷いなくエレベーターのボタンを押した。

「俺がいくら大丈夫だと言っても、陽和はやっぱり緊張するんだろうな。本当に、心配はいらないから」

「うん」

次に双子の前にしゃがみ込んだ悠斗さんは、彼らと目を合わせながら話をする。

「これから、パパのお父さんに会いに行く。ふたりにとっては、おじいちゃんになる人だが、どうしてもママとふたりに会いたいって言ってるんだ。いいかな？」

「いいよ」

「おじいたん？」

即答する春馬に対して、啓太は不思議そうに首を傾げる。

「春馬、ありがとう。そうだよ、啓太。紹介させてくれるかな？」

「……うん」

一瞬、不安そうに私を見た啓太に微笑みを返すと、小さな声で同意した。

エレベーターを降りた先があまりにも静まり返っており、緊張で動きがぎこちなくなる。廊下に敷かれた、いかにも重役フロアらしい落ち着いたグレーの絨毯はベビーカーでは進みづらく、ふたりを降ろして手をつないで歩いていく。

目的の部屋の前で足を止めた悠斗さんは、「いいか？」とうかがうような視線を私に向けてきた。それに対して、しっかりとうなずき返す。

ノックをしてすぐに、「はい」と落ち着いた声が返ってきた。

「悠斗です」

「ああ、入ってくれ」

悠斗さんに続いて足を踏み入れる。私たちが入室すると同時に、立ち上がった男性が「来てくれてありがとう」と迎えてくれた。

おそらく、この人が悠斗さんの父親なのだろう。悠斗さんによく似ているが、彼より若干目つきは鋭く、社長を務めるだけあって貫禄がある。

思わず怖気づきそうになっていた私の背に、隣に立つ悠斗さんがそっと手を添えてくれた。

「初めまして、悠斗の父の桜庭明義《あきよし》です」

そう告げる口調に硬さはあるが、あからさまな敵意は感じない。

「初めまして。三島陽和と申します」

ひとつうなずき返したお父様は、興味深そうに双子へ視線を向けた。

「息子の、春馬と啓太です」

反応が怖くて、悠斗さんとの子であるという明言は避けてしまう。

「俺と陽和の子だ」

逃げ腰になる私の言葉を補うように、悠斗さんが堂々と宣言した。

私たちが付き合っていた当時の出来事を、すべて話してあると聞いていたとはいえ、なんとなく気まずい。

「そうか。まずは座ろうか」

感情の読みづらい冷静な態度を、どう捉えてよいのかわからない。

三人掛けのソファーに、子どもたちを間に挟んで座る。タイミングを見計らったかのように、秘書と思われる女性が飲み物を出してくれた。

ジュースを目にしたふたりは、途端に瞳を輝かせて飲みたいと主張してくる。

「ママに聞いてからにしなさい。それから、そこに玩具を用意してある。遊んでもいいぞ」

決して冷たくはない口調のお父様に安堵して、「いただこうか」と促した。

あっという間に飲み干したふたりは、気になって仕方がなかった、玩具のもとへ駆けていく。

彼らが少し離れていてくれた方が、こちらとしても話がしやすくなる。仲良く遊びだしたのを見届けて、再び正面に向き直った。いつの間にか距離を詰めていた悠斗さんの存在に、ほっとする。

「あらためて、私は悠斗の父で、ここの社長を務めています」

なにを言われるのか不安で、膝の上で手を握りしめる。

「本来、悠斗には私の下について、会社のために……」

「父さん」

やはり本音では反対されているのかと思いかけたところで、悠斗さんが鋭く会話を遮った。

「あ、いや。そうだな。言い方が悪かった」

咳払《せきばら》いをして仕切り直したお父様が、一瞬、気まずい表情になる。

「私は、幼い頃からパイロットを目指していた悠斗を、長らく認められずにいた。兄と共に経営側の一員として、私の手助けをしてほしいと考えていたからだ」

悠斗さんの眉間に、しわが寄る。

「見合いの話は当然受けるものだと信じて疑わなかったが、悠斗は頑なに拒んでいた。それこそ、パイロットになりたいと、私に詰め寄ったとき以上の勢いで」

悠斗さんに視線を向けたお父様は、次にまっすぐに私を見た。

「交際している相手がいるようだと察していたが、会社のためなら別れるのは仕方がないと、話を強引に推し進めていた」

理不尽な言い分に、さらに手をきつく握りしめる。不安を払拭したくて、隣に座る悠斗さんに視線を向けた。少し硬い表情で父親を見つめていた悠斗さんだが、私に気づくと小さく微笑み返してくる。

顔を合わせて、お父様の意向を知りたいと望んだのは自分だ。それに、悠斗さんは『大丈夫だ』と言ってくれた。それを信じて、再び正面に座るお父様に向き直る。

「そのせいで、あなたにずいぶんつらい思いをさせてしまった。いや。つらいなどという言葉で片づけられないほどの事態を引き起こしてしまい、申し訳なかった」

淡々とした口調で謝罪したお父さまが、深々と頭を下げる。それに私は、安堵するというより慌ててしまった。

なかなか顔を上げてくれないお父様に困り果てて、隣の悠斗さんに助けを求めた。

「父さん。これ以上は、陽和を困らせてしまう」

「ああ、すまない」

悠斗さんに促されて、ようやく頭を上げる。

「あの」

どうしても確認しておきたくて、思い切って声をあげた。

「私との結婚を許してくださったのは、子どもがいたからですか？」

今は無理でも、いつかは心から認めてもらいたい。そのためにも、お父様の考えをきちんと知っておくべきだ。

「いや。そうじゃない」

すぐさま否定の言葉が返ってくる。

「先日起こった、機体トラブルの対処をする悠斗の様子を見て、息子がこれほど優秀に育っていたのだと、私は初めて知った。いや、最年少で機長に昇格できたくらいだ。そんなこと、周囲はとっくに気づいていたのに、私は悠斗を認められないあまりに、長らく息子の努力を見ようともしてこなかった」

遡《さかのぼ》って語られる言葉に、耳を傾ける。

交際してきた頃、悠斗さんから家族に関する話はほとんど聞いてこなかったが、つらい思いをしてきたのかもしれない。

「あのトラブルの直後に、悠斗に言われたよ。陽和さんがいたから、追い込まれた場面でも冷静でいられたと」

再びチラッと隣を見上げると、悠斗さんがにこりと笑い返してくる。

「悠斗が周囲に一目置かれるほどのパイロットになれたのは、あなたの支えがあったからなんだとようやく気づいて、自身の身勝手な行動を恥じた」

楽しそうな声をあげた双子に、お父様が視線を向ける。

「上に立つ者として、悠斗には兄と共に経営側に加わってもらいたい気持ちは今でもある。ただ、それを強要すれば悠斗は少しの迷いもなくここを出ていくのだろう」

お父様の立場を考えれば、そういう考え方も間違ってはいないのかもしれない。

「悠斗は現場でも有能だと、よくわかった。つまり、思うようにさせた方が会社にとって有益だということだ」

手放しで歓迎されているわけではない。そう突きつけられたようで、表情が強張る。

「父さん、天邪鬼《あまのじゃく》が過ぎる。せっかく非を認めて謝罪したかと思えば、すぐにこれだ。陽和を不安にさせるのなら、たとえ結婚を認められても、俺はこの会社に残るつもりはない」

ここにきて、親子げんかに発展しそうな雰囲気を察してうろたえる。

「大丈夫だ、陽和。この人は素直になれないだけだ」

「そ、そう」

それについて、本人を目の前にして私に言えることはない。

さあ、どうぞと悠斗さんに促されて、お父様はひとつ咳払いをした。

「ああ、なんだ。つまり、私は悠斗と陽和さんとの結婚を認めている。その、会社の利益うんぬんを抜きにしてもだ」

少々早口にそう言い切ったお父様は、気まずそうに顔を背けてしまった。でも、その不器用な様子に、これが本音なのだと察せられる。

「会社の発展を願うと同時に、私は息子の幸せも望んでいる。こんな事態を招いた以上、信じてもらえないかもしれないが……」

「当然だ」

「悠斗さん」

間髪を容れずに言い返した悠斗さんを止めようと、袖を引く。

すっかりぬるくなったお茶をひと口含んだお父様が、仕切り直すように居住まいを正した。その表情は、さっきまでより幾分か柔らかくなっている。

「悠斗は、支え合える伴侶を見つけていたんだな。それを会社の都合で引き裂くなど、私の行動はあまりにも愚かだった」

お父様の表情が、つらそうに歪む。

「あの子たちの存在に関係なく、私は君たちの結婚を祝福している」

あらためて発せられた言葉にようやく安堵して、悠斗さんと顔を見合わせた。

これからよい関係を築いていくために、私からも話をしておきたい。

「あの、私もひと言も相談のないまま、勝手に子どもを産んでしまって……」

「陽和が謝る必要はない」

悠斗さんに止められて、口を噤む。

双子を産んだことに、後悔は微塵もない。ただ、父親である悠斗さんやその家族にいっさい打ち明けなかったのは、やはり間違いだった。

「でも」

「悠斗の言う通りだ。本来なら、子どもたちは両親のそろった環境で成長するはずだったのに、それを奪ってしまったのは私だ。あなたをそこまで追い込んだのも、私の身勝手な行動のせいだ」

自身が間違っていたと断言したお父様が、吹っ切れた表情になる。

悠斗さんにまでそうだとうなずかれてしまうと、私としてはその言い分を受け入れざるを得なくなる。

「そ、その、謝罪は受け取ります。ですから、この話はここで収めましょう」

それぞれに非があり、それをこうして認め合えたのだから、もう十分だ。

「ありがとう」

ようやく笑みを浮かべたお父様に、私の方がほっとした。

「子どもは双子だと悠斗から聞いていたが、本当にそっくりだな」

後方の子どもたちへ、そろって視線を向ける。絵本やブロックなどが用意されており、ふたりとも飽きずに遊んでいる。

「そうなんです。黄色い服を着ているのが兄の春馬で、赤い服の方が弟の啓太です」

「そうか」

「見た目の違いは、春馬の耳もとにホクロがあるくらいかな」

悠斗さんが説明をしてくれるが、今は髪で隠れて見えない。

「一緒に過ごすうちに、それに頼らなくても自然と見分けられるようになってきた。春馬はとにかく好奇心旺盛で、啓太はかなり慎重派だ。多くの場面で、なにかをはじめるのは春馬が先で、それに啓太が続く」

悠斗さんが、自慢げに語る。それを聞きながら、私の顔にも笑みが浮かんだ。

「へえ。一卵性の双子でも、そんなふうに違いが出るんだな」

「そうなんですよ。それから、ふたりとも飛行機が大好きなんです」

「それは嬉しいな」

お父様が、柔らかな表情を浮かべる。

たしかにこの人には、強引で不器用なところがあるかもしれない。でも、〝飛行機が好き〟という気持ちは悠斗さんとなんら変わらないのだろうと想像する。

正式に悠斗さんとの結婚の許可をもらったところで、大人の話はここまでだとお父様が立ち上がり、子どもたちに近づいた。

「春馬君、啓太君。こんにちは」

「こんちは！」

条件反射のように元気よく答えたのは、やはり春馬だった。啓太はわずかに身を引いて、春馬の後ろに隠れながら「こんちは」と小さめの声で応える。

「ふたりとも、飛行機が好きなんだって？」

「「うん」」

ピタリとそろった返事に、お父様が満足そうにうなずく。

「そうか。私も、飛行機が好きなんだ。今日会ったばかりで、急には無理かもしれないが、これからはおじいちゃんとも仲良くしてほしい」

「おじいちゃん？」

不思議そうにつぶやく啓太に、「そうだ」と返す。

「いいよ」

即答した春馬に、啓太もうなずいて同意する。

「ふたりには、おばあちゃんや伯父さんと伯母さんに従姉もいるんだ。また今度、会ってくれるかな？」

「うん」

「ありがとう」

それからしばらく子どもの話をしながら過ごし、そろそろお暇《いとま》することにした。

「陽和さん、ここまで来てくれて本当にありがとう。近いうちに、妻らにも会ってほしい」

「もちろんです」

そう約束をしてタクシーに乗り込むと、走り出して早々にふたりはぐっすりと寝入ってしまった。

「陽和、今日はありがとう。子どもたちにも、少し無理をさせてしまったな」

「どうなるか不安だったけど、受け入れてもらえてよかった」

大丈夫だと言われていても、どうしたって不安は尽きなかった。それが実際には、私も子どもたちも歓迎されていると知って、ずっと抱いてきた懸念が解消された。

降車後も目覚めなかったふたりをベッドに寝かせて、リビングのソファーに隣り合って座る。

「久しぶりにここに来たけど、ずいぶんかわいらしくなってる」

記憶の中の悠斗さんの部屋は、無駄のないシンプルなインテリアだったはずだ。けれど今は、双子たちの写真が飾られ、私には見覚えのない本棚が加わり、何冊もの絵本が収められている。

「ああ。三人を迎えるために、いろいろと用意したんだ」

子どもたちを寝かせたベッドには、小さな枕がふたつ置かれていたし、クローゼットには私用にスペースを空けてくれてあった。ほかにも事前に用意してほしいものを聞かれていたが、それはおいおい一緒に選んでいこうと話し合った。

「ありがとう」

「当然のことをしただけだ。陽和こそ、もう一度俺を信じて、あの子たちの父親にしてくれてありがとう」

あらたまってそう言われると、なんだかくすぐったい。

「陽和」

不意に呼ばれて、隣に座る彼を見る。

そっと私の手を取った悠斗さんは、自身の大きな手で包み込んだ。

「この前は電話で伝えてしまったから、もう一度言わせてくれ」

なんの話かと首を傾げる。

「俺と、結婚してほしい」

「……悠斗さん」

「俺といつまでも一緒にいてくれないか？」

二度目のプロポーズに、じわりと涙が滲む。

「私も、ずっと悠斗さんのそばにいたい」

一度は自分から手放したけれど、もう二度と離れたくない。

「あの機体のトラブルがあった日、思ったの。私は悠斗さんの帰る場所になりたいって。遠く離れていては、無事を祈るしかできなくて……。大仕事を終えた悠斗さんを抱きしめられないのが、とにかくもどかしかった。私、あなたと家族になって、ずっと隣にいたい」

少し前に、彼から今後の仕事について尋ねられたとき、できればしばらく家庭に入り、子どもたちの成長を見守りたいと伝えていた。それは、これまであまりにも慌ただしくて、見逃したものがあるのを寂しく思っていたからだ。

でも、本当はそれだけではない。

「家族になって、不規則なスケジュールをこなす悠斗さんの、安らげる場所を作ってあげたい」

「陽和」

彼の手が、私の後頭部に回される。絡んだ視線を逸らせず、ひたすら彼を見つめる。

そのわずか後に、彼が瞼を閉じたのに私も合わせた。

そっと口づけられて、悠斗さんのシャツをぎゅっと握る。唇を食まれる心地よさに浸っていると、熱い舌が口内に侵入してきた。

久しぶりの深い口づけに戸惑ったのは一瞬で、すぐさま翻弄されていく。必死に舌を絡ませ、どちらのものかわからない唾液を呑み込む。

ようやく離された頃には、すっかり息が上がってしまっていた。

濡れた唇を、悠斗さんが指で拭う。そのまま抱き寄せられて、髪をなでられているうちに、すっかり彼に体を預けていた。

「近々、陽和のご両親のお墓参りに行かないとな。ちゃんと報告をしよう」

「悠斗さん……」

その気遣いが嬉しい。

「ふたりもきっと、喜んでくれているわ」

「いや。その前に、俺に一喝したいところじゃないかな」

自信のない物言いがあまりにも彼らしくなくて、笑ってしまう。

「でも、最後は絶対に認めてくれるはず」

両親は、いつだって私の幸せを願ってくれていた。ずいぶんやきもきさせてしまったが、祝福してくれるに違いない。


その数日後に、約束通り四人で両親のお墓参りに出かけた。

いったいなにを話しているのだろうというほど長く墓前で手を合わせていた悠斗さんの首に、飽きてしまった春馬がぶら下がる。啓太は、私に抱っこをせがんだ。

そんな私たちの姿を、両親は笑いながら見届けてくれただろう。

悠斗さんのお母様には、少し前に子どもたちを連れて挨拶をさせてもらった。穏やかな女性で、ひとりで出産した私に心を痛めつつ、結婚を手放しで歓迎してくれた。私に両親がいないこともすでに聞いており、『私を母親だと思ってね』と言ってもらえたのは心強い。

これでようやく、お互いの両親への紹介ができてほっとする。

お墓参りの帰り道に役所へ立ち寄り、四人で婚姻届を提出する。そうして私たちは、晴れて本当の家族になった。

それからしばらくして、悠斗さんのお兄さん一家に招かれて、自宅を訪問させてもらった。

兄の仁さんも、悠斗さん同様にとても整った顔立ちをしている。ただ雰囲気は少し違って、より穏やかな印象だ。

奥様の綾香《あやか》さんはとてもはきはきとした女性で、裏表のない様子が話していて気持ちがいい。そういえば以前、三人は幼馴染だと話していたのを思い出した。

「まあ、双子ちゃん！　かわいいわねぇ。悠斗君にも似てるけど、全体的には陽和ちゃん似ってところかな」

「だろ。陽和のかわいさを、しっかり継いでくれた」

それに応えた悠斗さんは、ずいぶんと嬉しそうだ。仁さん夫婦が苦笑しているのには、まったく気づいていないらしい。

四歳になる姪の真美《まみ》ちゃんは、とにかくかわいくて礼儀正しい。でも、ひとたび外に出ると元気いっぱいに遊びだす活発な子で、双子たちとはすぐに打ち解けた。

寒さに負けないで庭で遊ぶ三人の様子を、リビングでお茶をいただきながら眺める。

「この様子なら、なにかあったときは双子ちゃんをうちで預かれそうね」

こっちに頼りにできる身内はおらず、そう言ってもらえるのはありがたい。

「ありがとうございます。うちにもぜひ、遊びに来てくださいね」

私の誘いに、綾香さんは「楽しみだわ」と返してくれた。

「それにしても、啓太君は行動が悠斗に似てるな」

仁さんの言葉に、啓太と悠斗さんを見比べる。

さっきまで真美ちゃんと春馬について回っていた啓太は、いつの間にか興味を引くものを見つけたようで、庭の一角に座り込んで一点を見つめていた。

「小さい頃の悠斗も、よくああやって座り込んで動かなくなっていたよ。なにかと思えば、アリの行列を飽きずにずっと見ていたとかな」

「いつの話だよ」

悠斗さんがぶっきらぼうに返す。ふたりの気安いやりとりから、兄弟仲のよさが伝わってくる。

「興味の対象はいろいろ移り変わって、気づけば飛行機に夢中になってたんだよな」

照れる悠斗さんにかまわず、お兄さんは彼の幼少期の話をたくさん聞かせてくれた。

中には双子に通ずるエピソードもあり、血は争えないと大笑いする私たちを、悠斗さんは恨めしげに見返していた。

＊　＊　＊

「パパ、はやく！」

「危ないから、走ったらだめだ」

人であふれる空港のロビーを駆けようとする春馬の腕を、悠斗さんがガッチリ掴む。

私と手をつないだ啓太は、彼ならではのマイペースさで辺りをきょろきょろと見回しながら進んでいく。

今日は叔母夫婦が会いに来てくれることになっており、三カ月ぶりの再会にふたりの興奮は最高潮に達している。

「あっ、じいじ！」

悠斗さん抱き上げられた春馬は、早くもおじさんを見つけて大きな声をあげた。

「だっこ」

腕を引っ張って訴える啓太を、私が抱き上げた。パパよりはずいぶん低くなってしまうものの、「ばあば！」と叔母の姿を見つけた彼は満足そうだ。

「まあまあ、みんなで迎えに来てくれてありがとう」

私たちのもとへやってきた叔母が、にこやかに言う。

「ふたりとも、元気にしてたか？」

「「うん！」」

おじさんの問いかけに、子どもたちの返事が重なる。

「ご無沙汰しています。来てくださってありがとうございます」

「いいえ。こちらこそ、招待してくださってありがとうございます」

悠斗さんとおじさんが挨拶を交わしている間、子どもたちが「はやく」と急かす。

明日になったら、悠斗さんが操縦する飛行機に乗ってハワイへ移動する。そのまま向こうでのステイ期間中に、私たちの結婚式を挙げる予定だ。挙式に参加してくれるのは、叔母夫婦と悠斗さんのご両親。それから、仁さん家族も来てくれる。

顔合わせも兼ねて、今晩は食事会を開くことになっている。

会場へ行くと、すでに悠斗さんのご両親と仁さんたちが着席していた。彼らに、叔母夫婦を紹介している間に、真美ちゃんに気づいた双子は一目散に彼女に近寄っていった。

食事会は和やかに進み、挙式や子どもたちの話題を中心に話も弾む。

悠斗さんとお父様の関係も、ずいぶん穏やかなものになったと感じている。

私たちの結婚を認めてもらうまでの経緯が気になって、先日悠斗さんに話を聞いた。

双子たちの父親が悠斗さんであると私が打ち明けてすぐに、彼はお父様のもとを訪れて、その事実を伝えた。それまで『認めない』の一点張りだったお父様だったが、さすがにそんな事態は想定していなかったようで、態度を軟化させていったそうだ。

『ここで父さんと喧嘩別れになっても、俺はかまわない。だが、陽和や子どもたち、それに彼女を支えてきた奈緒子さん夫婦を思えば、周囲に祝福されて一緒になりたい』

反発し合うばかりだったが、わずかに歩み寄りの姿勢を見せた彼に、お父様もこれまでの考えをあらためるに至ったという。そして、あの機体トラブルを見事に切り抜けてみせた悠斗さんの雄姿が、和解の決定打となる。

ふたりは、今でもよく意見がぶつかるようだ。けれど、以前とは違って、お父様は悠斗さんの話にも積極的に耳を傾けてくれるようになった。間に仁さんを挟みながら、親子の関係はかなり改善されている。

まだ多少残るぎこちなさも、時間の経過と共に薄れていくと確信している。

『今回ばかりは、普段は父さんに従順な母さんにも相当責められたらしい』

おそらく、お母様は私の境遇を慮ってくれたのだと思う。

一連の流れを教えてくれた悠斗さんの表情は晴れやかで、私も安堵した。

翌日になり、大所帯で飛行機に乗り込んだ。

「パパ、うんてん？」

啓太にそう聞かれるのは、朝起きてからもう何度目になるだろうか。親族はみんなそろっているのに、パパだけいないのがなんとなく不安なのだろう。

「そうだよ」

私の代わりに自慢げに答えたのは春馬だ。

『本日は羽田空港発、ダニエル・K・イノウエ国際空港行きをご利用いただき、誠にありがとうございます。操縦席よりご案内申し上げます。機長の桜庭です。現在の飛行状況をお伝えします――』

「ふたりとも、パパがお話ししてるよ」

飛行機に乗るのも二回目となり、今回は操縦するパパに意識が向いている。本人がアナウンスをしていると知れば、啓太も納得するだろう。

「パパ？」

「そうだよ」

興味津々になる啓太に、笑みを浮かべて返す。それからふたりは、真剣に耳を傾けていた。

『――到着時の現地の天気は、今のところ晴れ。この季節のハワイは雨が少なく、過ごしやすい気候になります』

グランドスタッフとして働いていた頃、そういう情報を学んで、利用客に話すようにしていたことを思い出す。

『――私事ではありますが、あちらでの休暇中に、子どもたちも連れて挙式を予定しています』

なにを言い出すのかと、瞬時に顔が熱くなる。加えて、周囲から「あらあら」「まあまあ」とささやき合う声が聞こえて、羞恥を煽られた。

ついには、乗客やCAらに拍手を送られてしまう。私がその相手だとバレないように、ひたすら身を縮こませた。

「悠斗ったら……」

背後で、お母さんがため息をつく。

『陽和、幸せになろうな』

「なっ」

歓声まで聞こえてきて、もう顔を上げられない。

『春馬、啓太。到着まで、ママのことを頼んだよ』

「「はあい」」

呼びかけられた嬉しさに、ふたりが大きな声で返事をした。こんなときばかり春馬に負けない声量を出す啓太を、思わずジト目で見る。

おかげで私がその妻だと周囲に知れ渡り、近くの乗客やCAに代わるがわる祝福の声をかけられる。嬉しいやら恥ずかしいやら、とにかく到着まで落ち着かなかった。

ハワイに到着した翌日。

一面に広がった青空の下で、私たちはこの先ずっと一緒にいることを誓い合った。

そのときに交わした口づけを、春馬と啓太がやたらと気に入ってしまったのは誤算だった。

「ママ、ちゅー」

ふたりから迫られて、最初はあまりのかわいさに頬を差し出していたけれど、その回数の多さに苦笑する。

それをどこか不満そうに見ている悠斗さんに、「パパも、ちゅー」と左右から近づく姿がおかしくて、つい笑ってしまった。

「ふたりとも、いいか。ちゅーはパパとママだけだぞ。いや、できたらパパだけだぞ。ママにはパパがするんだからな」

ホテルに戻り、悠斗さんがこっそり言い聞かせているのを背中で聞きながら、今日に至るまでを思い起こす。

ここまで、決して幸せな日々ばかりではなかった。たくさん泣いたし、苦労もしてきた。周囲にも、散々迷惑をかけてしまった。

それでも、双子を授かれたのは本当に嬉しくて、あの子たちの存在があったからこそ、前向きでいられた。

当時の感傷に浸りながら、スマホに保存された写真を眺める。

子どもたちのショットにはじまり、叔母夫婦も交じった写真が続く。それから、悠斗さんが写り込むようになった。

食事会で撮った勢ぞろいした一枚は、残念ながら子どもたちはすっかり寝入っている。春馬を抱いた悠斗さんが、その頬をつついている瞬間が撮られていたのには今気がついた。その様子がなんだかおかしくて、くすりと笑う。

「なあに？」

耳ざとくそれを聞きつけた子どもたちが、私の座るソファーによじ登ってくる。

「みんなでハワイに来られて、よかったたって思ってたのよ。ふたりとも大好き」

「ぼくも！」

「ママ、しゅき！」

ぎゅっと抱きついてきたふたりを、私からも抱きしめ返す。

背後にいた悠斗さんが、さらに三人まとめて抱きしめながら、振り返った私にこっそり〝ちゅー〟をしたのは、子どもたちには秘密だ。

「パパも、ママとふたりが大好きだ」

私たちを包み込んでくれるこの腕を、もう二度と手放さない。

そう誓う私の手に握られたスマホの画面には、さっき撮ってもらったばかりの家族四人の写真が写し出されていた。

END

特別書き下ろし番外編

サプライズ！　SIDE悠斗

「陽和。今度の俺の休みだけど、春馬と啓太は預かるから、たまには外で羽を伸ばしておいで」

陽和と結婚して、五カ月ほどが経った。

東京へ来たのを機に仕事を辞めた彼女は、家事や育児に日々奮闘している。

真夏の今は、熱さを懸念してどうしても室内で過ごしがちだ。この秋に三歳になる息子たちはますます活発で、相手をするのもなかなか大変だろう。

自分も手伝うようにはしているが、勤務体系が不規則なため、どうしても彼女の負担ばかりが大きくなる。

たまには子どもたちから離れて、ゆっくりと過ごしてほしい。そういう思いで気兼ねなく外出するように以前から提案しているが、結婚した当初の陽和はそれを渋っていた。おそらく、子どもが気がかりで、俺にふたりを預けるのがまだ心配だとかという理由からだろう。せっかく出かけても、ずいぶん早く帰宅していたものだ。

それが最近では、外で長く過ごすのも珍しくない。すっかり俺を信頼してくれている様子に、過去の失態の挽回は順調そうだとほっとしている。

「ちょうど見たい映画があったの。友達を誘って行ってこようかな」

明るい表情になった彼女に「楽しんでおいで」と声をかけたところ、早速、連絡を取りはじめた。


「春馬、啓太。ちょっとお出かけしてくるけど、お留守番をお願いね」

「うん」

ふたりには事前にこっそり言い聞かせておいた甲斐があり、陽和の外出に『一緒に行きたい』と言わずにいてくれた。

「それじゃあ、悠斗さん。夕方までには帰るから、子どもたちをお願いね」

「ああ。いってらっしゃい」

ぱたりと玄関が閉まるのを見届けて、素早くリビングに引き返す。

「さあ、ふたりとも。はじめようか」

「はぁい」

テーブルに、真っ白な画用紙を二枚並べた。その横に、クレヨンを用意する。

「パパ、いい？」

待ちきれない様子で、春馬がクレヨンに手を伸ばす。

「ああ、いいぞ。ほら、啓太も」

「うん」

夢中になって絵を描きはじめたのを見届けながら、手早く家事を片づけていく。

ふたりはすっかり集中しているようだ。終始無言で描いている啓太に対して、春馬は「ぐるぐる」と声に出しながら楽しんでいる。

殺風景だったこの部屋も、子どもたちに合わせてずいぶん賑やかになった。

たまにふたりが騒がしくするから、俺がしっかり休めているのか、陽和はかなり気にしている。だが、そんな心配は無用だ。家族四人での生活にすっかり慣れて、陽和や子どもたちの声が聞こえていた方が不思議と落ち着く。

「できた！」

先に完成させた春馬が、得意げに作品を見せに来る。

「うまいなあ」

何重にもなった大きな丸の中に、小さな丸がふたつ。さらに周囲にも、塗りつぶした丸や何本も重なった斜線が描かれている。

「できた！」

「啓太のも見せて」

啓太の作品も同じような仕上がりで、どちらも上出来だ。

「ふたりとも色もたくさん使えたし、上手だ。それじゃあ、仕上げをするか」

画用紙を外れたところにもお絵描きをしたようだが、それも愛嬌《あいきょう》。素早く片づけて、次の準備に取りかかった。

「ただいま」

「あっ、ママだ！」

玄関から聞こえてきた声に、春馬が一目散に駆けていく。啓太を連れて、慌ててその後を追った。

「ママ！」

「ただいま。いい子でお留守番していたかな？」

有意義な時間を過ごせたようで、陽和の表情が明るい。

「うんとね、くれ……」

「おっと、春馬。まだ手が汚れているぞ」

早くも暴露しかけた春馬を、すんでのところで捕まえる。適当な理由をでっち上げながら、体の向きをくるりと反転させた。

不思議そうに首を傾げる陽和を、とりあえずリビングに先導する。

「ママ、こっち」

こっそり啓太を促して、陽和をソファーに連れていってもらう。

「なあに？」

密かに俺が子どもたちを誘導しているのに気づいたようで、いつもと違うお出迎えに、なにかあるのかと陽和がそわそわしはじめた。

留守番中に描いた絵を、それぞれ後ろ手に持たせる。「ないしょ」と言いながら、陽和から丸見えの向きで持っているのが、いかにも春馬らしい。

そのまま陽和の前に立って、ふたりに声をかけた。

「せーの」

「「ママ。おたんじょうび、おめでとう」」

ばっちり決まったところで、プレゼントの似顔絵を手渡させる。

「わぁ。ありがとう」

驚いた顔をした陽和は、すぐに満面の笑みを浮かべて画用紙を受け取った。

「うんとね、ママかいた！」

「けいたも、ママ！」

口々に言いながら、陽和の隣によじ登る。俺自身は彼女の背後に移動して、ソファーの背もたれに手をつきながら作品を一緒に覗き込んだ。

「上手ねえ。すごいわ、ふたりとも。ありがとう」

画用紙の端には、サイン代わりに手形も押してある。これが相当楽しかったようで、紙以外のところにも押そうとするから、止めるのにひと苦労した。

本当は明日が誕生日なのだが、幼いふたりにとって、用意したプレゼントを当日まで隠し通すのは難しい。

結局、『きょう、わたすの！』と主張するふたりに、早々に折れた。フライングでお祝いすることになったが、陽和も喜んでくれたようだし、よしとしよう。

「パパ、ケーキ」

次の流れを思い出した啓太が、俺の手を引いた。

「えぇ！　ケーキまで用意してくれたの？」

「うん」

今度は春馬が、キッチンのテーブルに陽和を連れていく。

ふたりも椅子に座らせて、ランチョンマットを敷いてくれるようにお願いした。その間に、手作りのバースデーケーキを運ぶ。

「すごい！　これ、三人で作ったの？」

「「そう！」」

双子の声が、見事にそろう。

デコレーションされたパンケーキを前に、陽和がキラキラと瞳を輝かせる。

極力簡単に作れるものを探したところ、材料をビニール袋に入れて混ぜるだけというレシピを見つけて、生地はふたりがメインで作った。もちろん焼くのはまだ難しいが、チョコペンや小さな砂糖菓子を使った飾りつけは子どもたちの力作だ。

ひと足早いがバースデーソングを歌い、ケーキを食べる。

大好きなママが大喜びしてくれたのが嬉しかったようで、食後はふたりとも陽和にべったりとくっついていた。


夜になり、あらためて双子が描いた絵を陽和と眺める。

「悠斗さん、素敵なプレゼントをありがとう」

「本当は、明日渡す予定だったんだけどな」

苦笑した俺に、陽和も同じように返してくる。

「むりむり。あの子たち、絶対にバラしちゃうから」

たしかに春馬は、すでに玄関先で明かしそうになっていた。

「こんなに用意するのは、大変だったでしょ？」

テーブルの端に見落としていたインクの汚れを見つけて、陽和がくすくす笑う。

「ほんの少し目を離したら、どうしてこうなったんだっていうくらいの、大惨事寸前の状態になっていた」

布物を画用紙の代わりにされなかったのは、本当に助かった。

あの子たちにとっては、大人が思う以上に楽しかったのだろう。次に同じような遊びをするときは、もっと自由にできる広いスペースを用意しようと密かに決めた。

「俺からのプレゼントは明日渡すから」

「さらにもらえちゃうの？」

高価なものを贈っても、陽和は喜ぶというより遠慮する。だから、その日限りのサプライズプレゼントを用意した。

「なんだろう？　すごく楽しみ」

明日は陽和を着飾らせて、お姫様になってもらう予定だ。併せて、子どもたちには王子様になってもらう。

「ああ。期待していてよ」

それから家族写真を撮って、食事をして。桜庭家の男三人が、全力でお姫様をもてなす。きっと双子たちも、喜んで協力してくれるはず。

隣に座る陽和が、俺の肩に頭を預けてきた。その微《かす》かな重みすら愛おしい。

「陽和。俺と結婚してくれて、ありがとう。愛してる」

肩に腕を回して、髪に口づける。

「ふふふ。悠斗さんこそ、私を見つけてくれてありがとう」

彼女の腕が、俺の背に回された。

「私も、愛してるわ」

もう二度と、彼女を離さない。そんな思いを込めて、華奢《きゃしゃ》な体をそっと抱きしめ返した。

END

あとがき

はじめまして。そうでない方は、あらためましてこんにちは。Ｙａｂｅと申します。

この度は『怜悧なパイロットの飽くなき求愛で双子ごと包み娶られました』をお手に取っていただき、ありがとうございます。楽しんでいただけたでしょうか。

本作の主人公は、パイロットとグランドスタッフのふたりです。実のところ私、空港には数えるほどしか行ったことがありません。ふたりの職業も含めてあれこれどうなっているのかわからず、まずは情報収集からはじまりした。

その過程で、以前とある空港のホールで映画を見たことを思い出しました。たしか、たくさんの風船で家ごと空を飛んでいくお話で、そこは飛行機じゃないんだと突っ込んだのが懐かしいです。

調べたところ、パイロットは家を空けがちだと知って愕然としました。ヒロインの隣にいる時間が、あまりにも少なすぎる……。

いっそのこと、そのせいですれ違ってもらおうと決めて、物語の設定が出来上がりました。

ヒーローには完璧な男性であってほしいのですが、ヒロインに対してはその有能ぶりを発揮しきれないときもある。そんな人間味のある一面も楽しんでいただけたらと思います。

表紙のイラストを担当してくださったのは、琴ふづき先生です。ふたりに抱かれた双子ちゃんの可愛さに、身悶えしそうになります。きっと眠っている方が啓太だろうと想像しています。素敵なイラストを、ありがとうございました。

最後になりますが、書籍化に関わってくださったすべての方々に感謝申し上げます。担当してくださった方々のたくさんのアドバイスのおかげで、稚拙な作品をずいぶん素敵に仕上げることができました。物語に深みを出す手法を勉強させていただきました。ありがとうございます。

そして、この作品をお手に取ってくださった読者の皆様。あらためまして、ありがとうございます。

またどこかでお目にかかれますように。

Yabe《やべ》

Yabe 先生への
ファンレターのあて先

〒104-0031
東京都中央区京橋 1-3-1
八重洲口大栄ビル7F
スターツ出版株式会社　書籍編集部　気付

Yabe 先生

本書へのご意見をお聞かせください

お買い上げいただき、ありがとうございます。
今後の編集の参考にさせていただきますので、
アンケートにお答えいただければ幸いです。

下記 URL または QR コードから
アンケートページへお入りください。
https://www.berrys-cafe.jp/static/etc/bb

怜悧なパイロットの飽くなき求愛で双子ごと包み娶られました

2023年9月10日　初版第1刷発行

著　　者　Yabe

発 行 人　菊地修一
デザイン　hive & co.,ltd.
校　　正　株式会社鷗来堂
発 行 所　スターツ出版株式会社
〒104-0031
東京都中央区京橋1-3-1　八重洲口大栄ビル7F
TEL　出版マーケティンググループ　03-6202-0386
(ご注文等に関するお問い合わせ)
URL　https://starts-pub.jp/
印 刷 所　大日本印刷株式会社

Printed in Japan

ISBN 978-4-8137-1478-1　C0193

ベリーズ文庫 2023年9月発売

『エリート外交官は契約妻への一途すぎる愛を諦めない〜きみは俺だけのもの〜【極上スパダリの執着溺愛シリーズ】』 砂川雨路《すながわあめみち》・著

弁当屋勤務の菊乃は、ある日突然退職を命じられる。露頭に迷っていたら常連客だった外交官・博巳に契約結婚を依頼されて…!? 密かに憧れていた博巳からの頼みなうえ、利害も一致して期間限定の妻になることに。すると——「きみを俺だけのものにしたい」堅物な彼の秘めた溺愛欲がじわりと溢れ出し…。

ISBN 978-4-8137-1475-0／定価715円（本体650円＋税10%）

『冷徹御曹司の偽り妻のはずが、今日もひたすらに溺愛されています【憧れシンデレラシリーズ】』 惣領莉沙《そうりょうりさ》・著

食品会社で働く杏奈は、幼馴染で自社の御曹司である響に長年恋心を抱いていた。彼との身分差を感じ、ふたりの間には距離ができていたが、ある日突然彼から結婚を申し込まれ…!? 建前上の結婚かと思いきや、響は杏奈を蕩けるほど甘く抱き尽くす。予想外の彼から溺愛にウブな杏奈は翻弄されっぱなしで…!?

ISBN 978-4-8137-1476-7／定価726円（本体660円＋税10%）

『14年分の想いで、極上一途な御曹司は私を囲い愛でる』 若菜《わかな》モモ・著

OLの紬希は友人の身代わりでお見合いに行くことに。相手の男性に嫌われてきて欲しいと無茶振りされ高飛車な女を演じるが、実は見合い相手は勤め先の御曹司・大和で…！ 嘘がばれ、彼の縁談よけのために恋人役を命じられた紬希。「もっと俺を欲しがれよ」——偽の関係のはずがなぜか溺愛が始まって…!?

ISBN 978-4-8137-1477-4／定価726円（本体660円＋税10%）

『怜悧なパイロットの飽くなき求愛で双子ごと包み娶られました』 Yabe《やべ》・著

グランドスタッフの陽和は、敏腕パイロットの悠斗と交際中。結婚も見据えて幸せに過ごしていたある日、妊娠が発覚！ その矢先に彼の秘密を知ってしまい…。自分の存在が迷惑になると思い身を引いて双子を出産。数年後、再会した悠斗に「もう二度と、君を離さない」とたっぷりの溺愛で包まれて…!?

ISBN 978-4-8137-1478-1／定価726円（本体660円＋税10%）

『極秘の懐妊なのに、クールな敏腕CEOは激愛本能で絡めとる』 ひらび久美《くみ》・著

翻訳者の二葉はロンドンに滞在中、クールで紳士な奏斗に2度もトラブルから助けられる。意気投合した彼に迫られとびきり甘い夜過ごして…。失恋のトラウマから何も言わずに彼のもとを去った二葉だったが、帰国後まさかの妊娠が発覚！ 奏斗に再会を果たすと、「俺のものだ」と独占欲露わに溺愛されて!?

ISBN 978-4-8137-1479-8／定価726円（本体660円＋税10%）

ベリーズ文庫 2023年9月発売

『落ちこぼれの辺境令嬢が次期国王に溺愛されて大丈夫ですか?～モフモフしてたら求婚されました～』 晴《はる》日《ひ》青《あお》・著

田舎育ちの貧乏令嬢・リティシアは家族の暮らしをよくするため、次期国王・ランベールの妃候補選抜試験を受けることに！　周囲の嘲笑に立ち向かいながら試験に奮闘するリティシア。するとなぜかランベールの独占欲に火がついて…!?　クールな彼の甘い溺愛猛攻にリティシアは翻弄されっぱなしで…。

ISBN 978-4-8137-1480-4／定価737円（本体670円＋税10%）

ベリーズ文庫 2023年10月発売予定

Now Printing

『悪いが、君は逃がさない【極上スパダリの執着溺愛シリーズ】』 佐倉伊織《さくらいおり》・著

百貨店で働く紗弥のもとに、海外勤務から帰国した御曹司・文哉が突如上司として現れる。なぜか紗弥のことを良く知っていて、仕事中何度も助けてくれる文哉。ある時、過去の恋愛のトラウマを打ち明けたらいきなりプロポーズされて…!? 「諦めろよ、俺の愛は重いから」――溺愛必至の極上執着ストーリー！

ISBN 978-4-8137-1487-3／予価660円（本体600円＋税10%）

Now Printing

『タイトル未定【憧れシンデレラシリーズ4】』 宝月《ほうづき》なごみ・著

真面目な真智は三つ子のシングルマザー。仕事に追われながらも子育てに励んでいた。ある日、3年前に契約結婚を交わした龍一が、海外赴任から帰国すると真智を迎えに来て…!? すれ違いから一方的に彼に別れを告げ、密かに出産した真智。ひとりで育てると決めたのに彼の一途で熱烈な愛に甘く溶かされ…。

ISBN 978-4-8137-1488-0／予価660円（本体600円＋税10%）

Now Printing

『君の願いは俺が全部叶えてあげる～奇跡の花嫁～』 伊月《いづき》ジュイ・著

製薬会社で働く星奈は、"患者を救いたい"という強い気持ちを持つ。ある日、社長である祇堂の秘書に抜擢され戸惑うも、彼の敏腕な仕事ぶりに次第に惹かれていく。上司の仮面を外した祇堂は、絶え間ない愛で星奈を包み込んでいくが、実は星奈自身も難病を患っていて――。溺愛溢れる珠玉のラブストーリー！

ISBN 978-4-8137-1489-7／予価660円（本体600円＋税10%）

Now Printing

『タイトル未定（パイロット×看護師）』 宇佐木《うさぎ》・著

看護師の夏純は、最近わけあって幼馴染のパイロット・蒼生と顔を合わせる機会が多い。密かに恋心を抱いているが、今更関係が進展する様子はなく諦め気味。ところが、ある出来事をきっかけに蒼生の独占欲が爆発！ 「もう理性を抑えられない」――溺愛全開で囲われ、蕩けるほど甘い新婚生活が始まって…!?

ISBN 978-4-8137-1490-3／予価660円（本体600円＋税10%）

Now Printing

『きみは俺がもらう　御曹司は仕事熱心な部下を熱くからめ取る』 彼方紗夜《かなたさや》・著

恋人に浮気され傷心中のあさひ。ある日酔っぱらった勢いで「鋼鉄の男」と呼ばれる冷徹上司・凌士に失恋したことを吐露してしまう。一夜の出来事かと思いきや、その日を境に凌士は蕩けるように甘く接してきて…!? 「君が欲しい」――加速する彼の溺愛猛攻と熱を孕んだ独占欲にあさひは身も心も乱されて…。

ISBN 978-4-8137-1491-0／予価660円（本体600円＋税10%）

タイトル、価格等は変更になることがございますのでご了承ください。

ベリーズ文庫 2023年10月発売予定

Now Printing

『悪女と呼ばれて婚約者に殺された令嬢は次こそ間違えない!』 やきいもほくほく・著

神獣に気に入られた男爵令嬢のフランチェスカは、王太子・レオナルドの婚約者となる。根拠のない噂でいつしか悪女と呼ばれ、ついには彼に殺され人生の幕を閉じた――はずが、気づいたら時間が巻き戻っていた! 今度こそもふもふ聖獣と幸せになりたいのに、なぜか私を殺した王太子が猛溺愛してきて!?

ISBN 978-4-8137-1492-7/予価660円(本体600円+税10%)

タイトル、価格等は変更になることがございますのでご了承ください。